La espectacular vida de
Benito Martín del Canto

David Towner

ISBN: 979-8-9883530-3-4 (paperback)
ISBN: 979-8-9883530-2-7 (ebook)

Cover Design:
Diego López Mata and Aan Turnip

Prólogo

1552

La sinuosa vía que conduce hacia Sevilla se encuentra en un estado de sosiego. El terreno que circunda el camino se encuentra cubierto por una vegetación de hierbas amarillentas, las cuales conforman una capa aterciopelada sobre las colinas ondulantes.

Un viajero solitario al amanecer es la única salvedad a este perfecto cuadro. Este niño, de unos cinco años, camina con la cadencia de un hombre cuatro veces mayor que él.

Se detiene en seco, como si algo presintiera. Sus ojos se desvían primero a la izquierda, luego a la derecha. Su intuición guía su atención hacia el cielo. Se queda hipnotizado.

El sol saldrá por el Este en una hora y once minutos, por lo que la oscuridad del cielo alcanza su punto álgido. Sin embargo, el perfecto lienzo negro se ve interrumpido por unas motas blancas flotantes que descienden lentamente hacia la tierra. A medida que se acercan, se hacen cada vez más grandes. El niño observa con asombro.

Sigue el rastro, sobre su cabeza, de los grandes platillos blancos que descienden sobre la tierra. La situación más apacible que jamás ha presenciado. Fascinado por el espectáculo, Benito alarga la mano para coger un copo de nieve del tamaño de un plato. Parecen absorber cualquier tipo de sonido que pueda haber en la tierra a medida que cubren el paisaje, y luego se disuelven mágicamente en la tierra.

Benito no ha conocido nunca un silencio y una tranquilidad semejantes.

Peter se encuentra agotado cuando llega a la librería de la esquina en Sevilla. Nunca antes había pisado esta librería, pero decide acudir a la misma por recomendación de un compañero de trabajo. Es consciente de que parece el típico viajero de negocios americano, y no le importa. El traje y la maleta lo delatan.

Según entra, su atención se dirige inmediatamente a los libros antiguos, aquellos que más han viajado, relegados al último rincón de la tienda como si se encontraran en una especie de exilio literario. Mueve la maleta con cuidado entre las columnas de libros que se elevan desde el suelo. La integridad de la estructura de las estanterías es maravillosa, pero no quiere arriesgarse innecesariamente. Cuando llega a la estantería que desea, se fija de inmediato en un libro especialmente desgastado y con muchísimo carácter.

"Ese no hace más que acumular polvo. ¿Te interesa?". Abelardo, el dependiente, mira por encima del hombro de Pedro.

Ya ha hojeado las páginas muchas veces, pero hace tiempo que nadie presta atención a este título.

Peter, sintiéndose de repente cohibido, cierra el libro con cuidado. Se levanta y lo coloca de nuevo en su polvoriento estante. "Estoy buscando algo para mi hija", dice. "Tiene doce años y le gusta mucho la cultura española, la auténtica".

Abelardo, al percatarse de la sonrisa cariñosa de Pedro al mencionar a su hija, le quita el libro de la mano antes de que lo vuelva a colocar en su sitio.

"Esto es lo más auténtico que hay. A los niños les encanta". Mira hacia la sección infantil, en la que un pequeño grupo de niños se reúne en torno a unos cuantos libros de ilustraciones. A Peter le parece que la voz del dependiente es genuina, no está tratando de deshacerse de un libro viejo.

"Entonces, ¿por qué sigue en la estantería?", pregunta, a pesar de su creciente confianza en el dependiente.

"Quizás saben que siempre lo pueden encontrar aquí", dice encogiéndose ligeramente de hombros. Vuelve a mirar a los niños, que esta vez le miran a él y sueltan una breve risilla antes de seguir con sus libros. "Además, viven justo arriba".

Peter asiente riendo. Estaba claro, eran sus nietos. "Muy bien, entonces". Mira su reloj. "Me lo llevo".

Abelardo le devuelve el libro con una sonrisa.

Esa misma tarde, Peter coge su vuelo con mucho tiempo de antelación. Independientemente del coste, Peter siempre se asegura de coger un asiento en el pasillo. Se deja caer en su asiento y mete como puede su maleta de mano bajo el asiento de delante. Ha metido la novela en uno de los bolsillos exteriores.

Peter se queda dormido incluso antes de que el vuelo despegue. Ha sido una semana larga para él. Una azafata, al percatarse de que la maleta se desliza hacia el pasillo, la empuja fuera de éste. Como no se mueve, la desliza suavemente y la mete en el compartimento superior de Peter.

El libro cobra vida.

1547

Me llamo Benito. Benito Martín del Canto, hijo de Juan Martín del Canto, y sucesor de múltiples linajes reales. He de comenzar mi historia admitiendo humildemente que muchos de mis relatos pueden parecer extravagantes, exagerados o inventados. Esto no se debe a una imaginación hiperactiva, sino a una total falta de escepticismo hacia lo sobrenatural y una afinidad hacia la aventura y la valentía, ambas cosas heredadas de mi madre.

A mi madre se la conocía sencillamente por el nombre de "M", ya que la mayoría de las veces tenía prisa. Dicen que siempre corría para eludir a los sabuesos, a los soldados y, a veces, a las bestias legendarias que le pisaban los talones pero que nunca llegaban a atraparla. Cruzaba arroyos y ríos, se adentraba en grandes extensiones de bosque y llegó a dejarme atrás en una de esas aventuras. Era yo o su propia supervivencia. Eligió lo segundo. Gracias a mi madre adquirí el sentido de la independencia, pero fue mi familia adoptiva la que más influyó en mi capacidad de supervivencia.

Aunque un rebaño de cabras montesas ibéricas no se considere tradicionalmente una familia idónea para un bebé humano, me criaron y me proporcionaron una base sólida en la vida. Me enseñaron a estar alerta ante la presencia de depredadores. Me enseñaron a atravesar acantilados rocosos en busca de comida. Me enseñaron a acurrucarme con los demás durante las ventiscas y las tormentas.

La vida con mi familia adoptiva no era ni lenta ni rápida, ni emocionante ni aburrida, ni difícil ni fácil. Pero yo estaba seguro de que el mundo tenía mucho más que ofrecerme, y estaba bastante seguro de que yo tenía mucho que ofrecer al mundo. A los nueve meses y diecisiete días ya me había cansado de la vida restrictiva y mundana en la naturaleza, y seguí mi brújula interior hacia una vida de mayor calidad, llena de sustancia y emoción.

Peter Michaels regresa a casa a última hora de la noche, con jet lag, a pesar de haber dormido varias horas en el avión. Accede a su humilde casa en Boston cargado con el equipaje y aún con el traje puesto. Sin embargo, confía en que su fiesta de bienvenida le devuelva la energía.

Taryn, la niña de doce años más lista del mundo según sus propios criterios, suelta su libro favorito de historia del arte español y se echa a correr escaleras abajo.

"¡Por fin!". Va corriendo hacia él y se tira a sus brazos. "¿Qué tal ha ido? ¿Fuiste a la Feria de Sevilla? ¿Bailaste con las señoras de la ciudad?".

Peter sonríe mientras ella gira emocionada para terminar en una pose flamenca. Se ríe ligeramente, el cansancio es visible en su falta de energía, y deja sus cosas en el suelo antes de desplomarse en el sofá.

"He ido, pero no he bailado", dice, preparándose para el inevitable ceño fruncido de ella. "¿Pero a ti qué te pasa, chaval?".

Taryn hace una mueca, se le está agotando la paciencia. "Nada interesante. ¡Dime, qué es lo que has hecho TÚ!".

Peter mira la hora en su teléfono. Por mucho que la quiera, estos interrogatorios cuando vuelve a casa de sus viajes de negocios son algunos de los momentos más difíciles que conlleva tener una hija preadolescente. "Taryn", dice despacio. "Tienes que estar levantada dentro de siete horas para que Gloria te lleve al colegio".

Taryn se pone de rodillas junto al sofá y cruza los brazos sobre su pecho. Su labio inferior asoma. "Por favor, por favor, por favor".

Peter la contempla serio y le aparta el pelo de la frente. No puede resistirse a esa cara. Nunca ha podido. "Bueno, tengo algo para ti".

A Taryn se le iluminan los ojos de inmediato. Saca el libro de su maletín, tratando de ocultarlo, pero en vano.

"¡¿Oh, es un libro?!".

Su cara y su cuerpo se deshinchan de forma exagerada, fingiendo tristeza por haber arruinado la sorpresa, pero recobra la normalidad con una sonrisa en la cara cuando le entrega el libro a Taryn. Ella sonríe emocionada.

"¿De dónde lo has sacado? ¿De qué trata? ¿Quién lo ha escrito?". Él sonríe, reconfortado por la alegría de ella, pero el entusiasmo lo llena de cansancio tras el largo día de viaje.

"Es mágico. Nadie sabía quién lo había escrito ni parecía quererlo. Pero imagino que juega con la imaginación de los jóvenes", dice. Se encoge de hombros y le despeina el pelo. Ella lo aparta de un manotazo y vuelve a centrar su atención en el libro que tiene delante.

"No parece un libro para niños", dice curiosa, jugueteando con los relieves que decoran la tapa. Recorre con los dedos las páginas expuestas del tomo cerrado, intimidada por su extensión, y abre la cubierta para descubrir el título escrito a mano, solo en su página: La espectacular vida de Benito Martín del Canto.

Al levantar la vista, ve a Pedro mirando el móvil. El estómago se le retuerce ligeramente, pero aún alberga la esperanza de que la entretenga. Hojea la primera página y tose para llamar la atención de su padre antes de una lectura teatral: "Me llamo Benito. Benito Martín del Canto".

Pedro cierra suavemente el libro. "Hora de irse a la cama". Ella se incorpora abatida. Pedro tira del libro con la mano y ella lo suelta. Él le sonríe ligeramente mientras busca un sitio para el libro en una estantería cercana. "Te conozco. Habrías terminado un centenar de páginas antes del desayuno y te habrías dormido en clase. Hablaremos pronto del colegio, ¿vale? Intenta concentrarte mañana".

Taryn lanza un suspiro y se dirige a las escaleras, deteniéndose en la parte superior. Mira hacia atrás, a la espera de que él la siga. Peter levanta la vista de su teléfono. "Todavía me queda trabajo por hacer". Taryn mueve la cabeza en forma de negación, le lanza un beso y apaga la luz. La pantalla de su teléfono sigue brillando.

Gloria abre la puerta de la casa de los Michaels con el hombro, cargada con la compra de la semana.

"¡Hola!", grita desde el recibidor. Mira a su alrededor al no escuchar nada más que silencio. Siempre hay ruido, aunque sea Peter en la mesa del comedor tecleando en su portátil. Ante la sospecha, entra en el salón y encuentra a Peter dormido con el teléfono sobre el pecho. Niega con la cabeza y se dirige a la cocina, donde saca huevos, tomates, cebollas verdes y harina. Llena una taza de agua. Después de preparar una masa rápida, la mete en el horno y se inclina para comprobar que está bien, mientras sonríe para sus adentros. Por último, limpia la encimera.

Seguidamente, Gloria se dirige al dormitorio de Taryn con un plato en cada mano. Uno de los platos tiene una tortilla recién hecha y el otro, una ensaimada. Se desliza silenciosamente hasta la cabecera de la cama, donde Taryn ronca suavemente, con la cabeza girada hacia la puerta. Gloria desliza la ensaimada por debajo de la nariz de Taryn. Ella se despierta sobresaltada, se incorpora rápidamente en la cama y trata de alcanzarla. Gloria la aparta hábilmente antes de que Taryn pueda arrebatársela y se marcha, satisfecha, al tiempo que Taryn corre rápidamente a su tocador para coger la ropa del día.

Gloria pasa la tortilla por encima de la cara de Peter. Él no se inmuta y entonces ella se plantea darle un ligero golpecito en la frente con el plato. Antes de que lo haga, sus ojos se abren de golpe y se levanta de un salto, ansioso.

"Las 7:40", dice Gloria. "Diez minutos para ducharte, diez minutos para vestirte, diez minutos para comer". Peter se tranquiliza.

"Gracias, Gloria". Gloria lleva los platos a la cocina y los coloca en la mesa, que ya está puesta. Le mira de nuevo.

"No hay problema, señor Peter".

Una Taryn ya vestida pasa corriendo junto a su padre, que está en el sofá, le da un beso en la mejilla, coge a Benito de la estantería y se sienta en su silla a comer.

"Supongo que soy el único que necesita recomponerse", dice Peter. Gloria abre el lavavajillas.

"Mmmm", responde Gloria con confianza, siempre con un aura de complicidad a su alrededor. Sin levantar la vista del libro abierto, Taryn también asiente.

1549

En mis largos viajes, ya mayor, pero todavía siendo un niño, me topé con un monasterio. Me paré allí, asombrado por su magnitud y su extensa historia, y humilde por la sabiduría que sabía que poseían sus habitantes.

Comencé mis estudios en la escuela del monasterio, una escuela dirigida por jesuitas. Yo era el alumno más joven, un niño rodeado de adolescentes. Aprendíamos todos juntos y, aunque nuestros profesores eran estrictos, yo sentía que estaba progresando en este nuevo tipo de civilización doméstica.

Recuerdo mucho mis estudios, sobre todo los de álgebra. Los jesuitas solían trabajar en la parte delantera de la clase, y nosotros nos sentábamos en nuestros pupitres. La mayoría de los estudiantes miraban por la ventana el hermoso y entretenido paisaje o incluso empezaban a dormitar. Pero yo no. Yo siempre estaba preparado para ese momento en el que el profesor se giraba esperando que alguien respondiera al problema que había dibujado en la pizarra. Sabía que me rodeaban únicamente miradas vacías. Suspiraba y levantaba la mano.

Cuando me levantaba, el cura comentaba con una sonrisa: "Así que Benito es el valiente".

Pero en lugar de resolver el problema que se me planteaba, empuñaba el borrador y borraba el centro de la pizarra. Notaba cómo mis compañeros se animaban. Entonces, escribía una ecuación física para intentar explicar cómo se podía determinar cuánto faltaba para el recreo en función del ángulo del sol que se podía ver desde la ventana. La clase se emocionaba y gritaba, pero yo no me quedaba ahí. Iba un paso más allá y explicaba el heliocentrismo. Ante todos, afirmaba que el mundo no tardaría en aceptar que las órbitas planetarias debían ser elípticas.

Mis exposiciones siempre provocaban una gran ovación.

Me adapté bastante bien a una vida más domesticada, aunque la existencia diaria me resultaba poco gratificante y nada retadora. A los dos años y siete meses, había absorbido todos los conocimientos de los que disponía en el sistema de enseñanza primaria. Entonces decidí que había llegado el momento de buscar un empleo a tiempo completo. Al fin y al cabo, tenía que ganarme la vida.

Al menos mientras me planteaba un plan más ambicioso.

Recuerdo estar ante el muro del pueblo, donde se enumeraban todas las profesiones disponibles. Contemplé al herrero martilleando, pero el intenso calor me hizo desistir rápidamente. Observé al que *cambiaba dinero durante algún tiempo, hasta que me di cuenta de que agregaba peso extra a la balanza de monedas para engañar a sus clientes.*

Un día me arrojaron una hogaza de pan duro. La cogí. El estómago me rugía. Salvador Sánchez Du Munon, el panadero, me sonrió, resplandeciente como el sol, y regresó a su panadería. Pero cuando lo hizo, dejó la puerta abierta para que le siguiera.

Taryn se pasó toda la mañana leyendo el libro, de camino a la escuela y durante el recreo. Ahora, en medio de la clase, sigue leyéndolo. No puede evitarlo.

Hasta que una mano se desliza sobre la página en la que está abierto el libro, y su profesora, la señorita Loureiro, le quita el libro. Intenta no llamar la atención con su reacción, pero las miradas de la clase se dirigen hacia ella. De todas formas, no le gusta esta clase.

"Al principio de la clase dije que me llevaría cualquier cosa que les distrajera de la lección", dice la señorita Loureiro, un poco compungida. "Por favor, dejen de traer cosas para utilizar durante la clase".

Taryn mira la pizarra. La señorita Loureiro ha estado enseñando los nombres de las frutas en español. Qué aburrido.

"Pero es una novela española", protesta. Si todavía está aprendiendo español, debería poder leer en clase.

La señorita Loureiro lo abre y Taryn se da cuenta de que le intriga la letra antigua de las páginas. Pero con la misma rapidez con que lo hace, la profesora se da cuenta y cierra el libro. "Puedes leerlo cuando quieras. Estará en mi mesa al final del día. Entonces podrás venir a recogerlo. Ahora, ¿cómo se dice "apple". en español?".

"Manzana", dice Caroline a regañadientes desde el otro lado de la sala antes de que Taryn pueda articular palabra. Siempre ha sido la mascota de la profesora. Taryn pone los ojos en blanco cuando Caroline saca una brillante manzana roja de la mochila y se la ofrece a la señorita Loureiro. "Para la mejor maestra de la historia".

Taryn le hace una mueca al chico con pecas del otro lado de la fila, que levanta las cejas mostrando su acuerdo. Caroline esboza una sonrisa "dulce". mientras la señorita Loureiro coge la manzana.

"Gracias, Caroline", le dice la profesora con una sonrisa. "No es necesario, pero aprecio el gesto. Por favor, continúa con tu trabajo. Le estaba preguntando a Taryn".

Taryn sonríe, pero enseguida traga saliva ante la mirada de enfado de Caroline.

La señorita Loureiro se vuelve hacia Taryn, pero la alumna responde antes de que pueda volver a preguntar. "Las manzanas rojas son el regalo por excelencia para un maestro, pero sé que prefiere las verdes".

La señorita Loureiro arquea una ceja, sorprendida, y se inclina hacia Taryn. "Puedes hacerlo. Solo tienes que concentrarte un poco, ¿vale? Es una clase corta".

Con eso, vuelve a su escritorio y coloca el libro de Taryn en el cajón. Taryn, aburrida, empieza a copiar lentamente la pizarra.

Cuando empieza a sonar el timbre, la clase empieza a vibrar de alegría. Los niños se marchan a comer después de guardar el material escolar y coger su comida. Después de unos tres minutos de puro alboroto y bullicio, la señorita Loureiro se queda en el aula tranquila, con el último alumno cerrando cuidadosamente la puerta.

Suspira. Un día más. Todos parecen el mismo. Abre un cajón y abre su bolsa del almuerzo. No es muy elegante, pero a ella nunca le ha importado demasiado. Mete la mano y saca una manzana *Granny Smith*. Se fija en el libro de Taryn, debajo de la bolsa.

Lo más interesante del día de hoy.

Lo saca y mira la antigua encuadernación con asombro. ¿De dónde lo habrá sacado Taryn? Lo abre con cuidado, sintiendo una gran curiosidad. Hojea las primeras páginas en busca de alguna indicación sobre la época y el lugar. Encuentra dos pequeñas iniciales en la esquina de la encuadernación interior: "M.S.". Por alguna razón, siente culpa por haberlo visto.

Basta ya. Debería estar trabajando. La mente se le acelera y, cuando ve la "1:00" en el reloj, se le acelera aún más. Guarda el libro de nuevo en el cajón.

En cuanto vuelve a encender el ordenador, entra en Internet y mastica la manzana con ansiedad., Respira hondo, abre el correo electrónico y cierra los ojos.

Cuando abre los ojos, se encuentra con una carta de rechazo del máster de Historia de España de Princeton. Estupendo.

Con la intención de abandonar ese abatimiento, cierra solemnemente su correo electrónico y se dirige a los trabajos de sus alumnos. Ahora se dedica a esto. Tiene que apreciar lo que su trabajo le ofrece. Coge el primer trabajo: El de Caroline.

En cuestión de segundos, ha marcado con bolígrafo rojo innumerables errores. Intenta no canalizar su frustración sobre el rechazo en sus correcciones, pero no puede evitarlo.

El siguiente es el de Taryn. Estupendo. Levanta el bolígrafo, lista para causar daño, pero no hay ningún error. Se queda completamente inmóvil. La culpa la invade inmediatamente. Le da un mordisco a su manzana.

Mira la manzana, de un bonito color verde brillante, y luego vuelve a mirar el impecable trabajo de Taryn.

Al final de la jornada escolar, la señorita Loureiro decide que se esforzará más por conectar con Taryn. Se trata de una joven estudiante, increíblemente motivada por el español, que simplemente no disfrutaba del modelo normal de una clase de español. Y eso está bien.

Cuando suena el timbre final, la señorita Loureiro se coloca en la puerta, despidiéndose de todos y cada uno de los estudiantes que van saliendo por la puerta. Taryn es la última en salir, y se cruza con su profesora a solas.

"Taryn, espera", la llama la señorita Loureiro. La alumna se detiene. La señorita Loureiro se acerca a ella y le enseña el libro. "No querrás olvidar esto".

Sonríe seriamente, pero Taryn se limita a asentir y a ofrecer una sonrisa obviamente falsa. "Gracias".

"Le he echado un vistazo. Es realmente fascinante".

Taryn no sabe qué decir, así que se limita a mirarla. Luego, se da la vuelta y se aleja, por el pasillo y camino a casa.

Esa noche, Peter sigue con un *jet lag* impresionante, así que deciden cenar un poco antes de lo habitual. Piensa acostarse lo antes posible.

Ya en la mesa, se mete un puñado de espinacas en la boca. Taryn escribe disimuladamente debajo de su plato de espinacas y tilapia. Seguro que piensa que su padre no se da cuenta. Pero él sí.

"Así que", dice señalando. "¿Qué ha pasado hoy en el colegio?"

Taryn contesta sin levantar la vista. "Nada interesante".

"¿En serio? Porque he oído que ha habido un pequeño drama por el libro que te regalé".

Taryn levanta la vista, un poco preocupada. ¿De verdad se lo había contado su profesora a su padre?

Antes de que pueda decir nada, entra Gloria y pone un vaso de agua delante de Taryn. Luego coloca su propio plato sobre la mesa. Mira la comida sin tocar de Taryn.

"¿Quieres algo más, Taryn?".

Peter le hace un gesto a Gloria para que se siente. "No, ella se comerá esta deliciosa cena que has preparado, Gloria". Mira a Taryn amenazante, pero ella sigue enviando mensajes de texto y ni siquiera se da cuenta.

"¿Le pasa algo a la comida?", le pregunta Gloria a Taryn. Se ha vuelto una experta ignorando al padre de Taryn en estas situaciones, para llegar realmente a la niña.

"No, Gloria, está muy bueno. Gracias". Suspira y vuelve a mirar su plato, todavía sin apetito. "En realidad, ¿quizás le falta un poco de sal?".

Peter deja el tenedor con un ruido seco, atrayendo la mirada tanto de Gloria como de su hija. "Nos estamos desviando del tema. Alice Loureiro me ha dicho hoy que otra vez no estabas prestando atención a la clase de español. Ha tenido que quitarte 'puntos de participación'".

"¿Enserio te llamó?", pregunta Taryn, sorprendida.

"No. Esta tarde tuvimos una reunión de padres y maestros. Lo más probable es que no me hubiera dicho nada, si no te hubiera pillado leyendo ese libro".

Taryn sacude la cabeza y vuelve a mirar su teléfono. "Al menos tiene buen gusto literario", murmura.

"Es una mujer muy agradable", insiste Peter. "No sé por qué se lo tienes que poner tan difícil".

Taryn pone inmediatamente mala cara. "¿Desde cuándo ella es la prioridad?".

Peter respira hondo ante eso y empieza a hablar muy despacio. "Sabes que siempre eres mi prioridad, pero tienes que aprender que tus acciones repercuten en otras personas. Como a Gloria, a la que estoy seguro de que le gustaría verte comer un poco".

Gloria, para nada concentrada en la conversación que está teniendo lugar entre padre e hija, continúa comiendo.

"No voy a hacer lo que me diga cualquiera sólo porque sea mayor", dice Taryn, con una leve sonrisa en la cara ante la ajenidad de Gloria. "No soy un robot. Debería poder tomar mis propias decisiones. ¿Por qué tengo que escuchar a la señorita Loureiro dar lecciones sobre algo que aprendí cuando tenía dos años? Tengo cosas mejores que hacer con mi tiempo".

Peter trata de reprimir la frustración que siente en ese momento.

"Pásame la sal, por favor".

Peter gira bruscamente el salero y lo hace rodar con fuerza en dirección a Taryn. Ella se aparta justo cuando el salero sale disparado de la mesa y se derrama por el suelo.

Esto llama la atención de Gloria. Se levanta, pero no sin que antes lo haga Peter. Se incorpora de un salto y corre hacia Taryn, que está un poco conmocionada.

"Lo siento", dice. Seguidamente se abrazan. "Eso ha sido mucho más duro de lo que quería que fuera".

Taryn, desde encima de su hombro, empieza a reír de verdad. Peter también se ríe. En un momento, los dos se están riendo a carcajadas.

Con un movimiento de cabeza, Gloria empieza a limpiar el salero roto, mientras las risas continúan sonando de fondo.

Después de limpiar la cena, padre e hija deciden ponerse a trabajar cada uno a un lado del sofá. Peter con su portátil está tecleando un memorándum, y Taryn, por su parte, revisa sus deberes. Ambos llevan gafas, lo que a Gloria le resulta especialmente entrañable.

"De acuerdo", dice Peter, después de terminar de teclear de forma particularmente agresiva. "Vamos a oír de qué va este fantástico libro".

Taryn levanta la vista, esperanzada, y luego saca alegremente el libro y se lo acerca.

"De momento, el protagonista, Benito, está haciendo cosas asombrosas, a pesar de ser sólo un bebé y un niño pequeño. Ya ha ido al colegio y es más listo que sus profesores. Así que ahora va a la ciudad a buscar trabajo".

Peter asiente con la cabeza, no del todo interesado, pero intenta recordarse a sí mismo que es importante apoyar su entusiasmo. Ella se aclara la garganta. Él se acomoda mientras ella comienza a leer.

1551

A los cuatro años, ya había conseguido un puesto de gran responsabilidad en la panadería de Salvador Sánchez Du Munon, quien, por razones que todavía desconozco, prefería que le llamaran Santiago. Se trataba de un hombre muy reconocido y respetado en toda Sevilla, no solo por su excelente repostería, sino también por su amabilidad y su generosidad. Con frecuencia llegaban nobles españoles de visita, vestidos de forma elegante, con sus sonrisas altivas y sus rizados bigotes negros, y él siempre les ofrecía fardelejos. Los nobles aceptaban con facilidad este regalo. También los niños pobres llegaron a amar a Santiago y las cestas llenas de pan que les ofrecía.

Pero Santiago seguía siendo un solo hombre, y se veía limitado por esa misma naturaleza humilde que le convirtió en un icono de su comunidad. Cuando los granos de café turco aparecieron en nuestra tierra, los rechazó, desconcertado por lo que vendían los nuevos vendedores. También tuvo la desgracia de no viajar nunca más allá de los confines de Sevilla. Veíamos partir a los hombres hacia el "Nuevo Mundo". desde la comodidad de nuestra puerta. Les ofrecíamos pan, pero nunca viajamos acompañando sus sueños.

Empecé a pintar para representar los recuerdos de mi vida. Le conté a Santiago la historia de mi nacimiento por medio de estos cuadros, mi infancia en las montañas con mi familia adoptiva, la caza de animales salvajes en África y mi estancia como pastor de cabras en el Tíbet justo antes de unirme a él en la panadería. Pinté el océano y conchas marinas enrolladas. Una vez que le hablé del océano, quiso que se lo describiera una y otra vez. Me enseñó a hacer ensaimadas que se parecían a las conchas de mis cuadros.

Sin embargo, por mucho que yo tratara de contarle el mundo que había fuera de las paredes de la panadería, él parecía conformarse con vivir una vida de aventuras a través de mis experiencias.

A veces, Santiago se mostraba incrédulo ante mi historia y mis motivaciones. Aun así, estaba siempre dispuesto a acceder a mis inusuales peticiones porque yo era una persona muy dedicada y trabajadora. Por ejemplo, me dejó coger 12 baguettes al día para alimentar a los dragones que escupían fuego y vivían más allá del pueblo.

Trepé por un escarpado acantilado para llegar hasta ellos, siguiendo un camino que había visto muchas veces. Continué hasta llegar a la entrada de una cueva. Al llegar allí, lancé las baguettes que Santiago me había dado a las profundidades de la cueva. Luego, giré sobre mí mismo y me alejé lo más rápido que pude, con un sonido ensordecedor de bestias hambrientas peleando por el pan.

Menos mal que Santiago me había dejado realizar esta misión, ya que estas baguettes diarias eran el único alimento que impedía que estas terribles bestias entraran en el pueblo y devoraran a los buenos y trabajadores sevillanos. A mi avanzada edad, sigo sin entender a la gente que, como Santiago, discute hechos fácilmente demostrables. Le invité muchas veces a dar de comer a los dragones conmigo, pero en todas las ocasiones declinó la invitación. Lo único que puedo concluir es que los escépticos son felices siendo escépticos. Por suerte, en el mundo hay gente como yo, dispuesta a dedicar su vida a mantener a las sociedades a salvo de peligros ocultos, hambrunas, enfermedades, saqueadores, criaturas malévolas, penurias y otras desgracias. Y todo ello a pesar de que sea una existencia poco celebrada y recompensada.

La única recompensa que tuve durante ese tiempo fue la de escalar los acantilados, hallando nuevos miradores desde los que contemplar Sevilla.

"¿Dragones que echan fuego por la boca?", pregunta Peter, incrédulo.

Taryn lo calla. "Es interesante".

"Me alegro de que te guste, pero es solo fantasía, lo sabes, ¿verdad? Cuando por fin puedas venir a España conmigo, no quiero que te decepciones porque hayas creado una imagen idealizada".

"¡¿Cuándo?!". Los ojos de Taryn se iluminaron inmediatamente al pensar en ello.

"Todavía no estoy seguro".

"Bueno…".

Peter no quería que Taryn se hiciera demasiadas ilusiones con España. Él no tenía nada reservado todavía, y su calendario estaba bastante lleno en el futuro más cercano. Lo último que necesitaba era pensar en eso. Por lo tanto, decide cambiar de tema y volver al libro.

"Este tipo sin duda tiene un gran concepto de sí mismo".

"Bueno", dice Taryn, recostándose en el sofá. "Salvó a la aldea de los dragones. A los cinco años".

"Oh, sí, por supuesto. Mis disculpas. Por favor, continúa". Taryn no puede saber si se está burlando de ella o no.

"'Feliz de ser una escéptica'", respira.

Peter la escucha y le revuelve el pelo jugando. Ella sonríe, pero lo empuja antes de serenarse. Lo mira incrédula por encima de las gafas y luego se las sube.

"Continúa", dice él, esta vez más suavemente. "En serio".

La sonrisa de Taryn se ablanda y vuelve al lugar de la página por el que iba. Antes incluso de empezar a leer, siente que su padre dormita a su lado. Le da un ligero beso en la cabeza y sigue leyendo.

1552

De entre todas las experiencias que he vivido a lo largo de mi vida, en ninguna me encontré con tanto escepticismo como en la que viví el día que cumplí cinco años. Iba camino de Sevilla para abrir la panadería y preparar la masa, como hacía siempre. Justo una hora y once minutos antes de la aparición del sol en el cielo de levante, mis sentidos llamaron mi atención hacia el cielo. Del cielo despejado comenzaron a descender a la tierra grandes platillos blancos, de una forma tan pacífica como nada que hubiera presenciado anteriormente. Alargué la mano para coger un copo de nieve del tamaño de un plato. Cayeron a mi alrededor sobre el campo vacío.

Parecían absorber cualquier tipo de sonido que pueda haber en la tierra. Nunca había conocido un silencio y una tranquilidad semejantes. Tan nítidas como aparecen aquí mis palabras, aquellos platillos, más grandes que el puño de un hombre adulto, cayeron sobre el suelo y descendieron a la tierra.

"¡Hola, niños!". El director Kelly entra en el aula y se dispone a pasearse por los pasillos. Taryn nunca le ha tenido especial aprecio. Parece un hombre simpático, ligeramente regordete con un traje barato. Sin embargo, a Taryn le parece un hombre espeluznante. En el mismo instante en el que el director entra a la clase, Taryn esconde su libro bajo el escritorio, justo a tiempo.

"¡Qué día tan bonito!", exclama el director Kelly abriendo los brazos. "¿Estáis todos estudiando a tope?".

Sonríe, pero los alumnos en el grupo de pupitres que le rodean se apartan ligeramente. Todos menos Caroline.

"¡Por qué, sí, director Kelly!". Caroline sonríe y el director Kelly le da una palmadita en la cabeza.

"Qué buena niña eres, Caroline". Parece que va a continuar cuando se fija en Taryn en la esquina de delante. "Taryn, he oído hablar mucho sobre ti y tu voraz afición a la lectura últimamente".

Va a tocarle el pelo y ella hace una mueca de dolor. La señorita Loureiro se da cuenta y se acerca lo más rápido posible.

"¿En qué puedo ayudarlo, director?". La voz emitida por la profesora se escucha en un tono firme, lo que atrae una mirada incrédula del director. Levanta la mano de la cabeza de Taryn con inocencia.

"Oh, Alice. Conozco a Taryn lo suficiente como para saber que no se ofendería por una palmadita en la cabeza". Se pone de rodillas y junta su cabeza y la de Taryn con un ligero empujón.

La señorita Loureiro le mira con cara de cachorro y niega con la cabeza. "¿Está totalmente en contra de cualquier contacto físico con estos niños que pueden estar hambrientos de él en casa?".

Ante esto, Taryn finalmente se harta. Frunce el ceño y aparta la cabeza del director. "Estoy…".

Pero se encuentra con una mirada de advertencia de Alice, que la detiene de decir nada más. Como si nada, la señorita Scarry asoma la cabeza por la puerta.

"¡Director Kelly!", grita la señorita Scarry. La secretaria, chillona, delgada y frenética es casi de forma unánime la persona más odiosa de todo el campus. Toda la clase se gira hacia ella y la señorita Loureiro pone los ojos en blanco para que solo Taryn los vea. Al notar que el director Kelly no se mueve, vuelve a chillar, esta vez más alto. "¡Es algo serio!".

Lanza un suspiro exagerado, decepcionado de que su pequeño drama haya sido interrumpido. "señorita Loureiro, ¿me acompaña fuera?".

Con una mirada de disculpa hacia Taryn, ella asiente con la cabeza. "De acuerdo". Juntos salen al pasillo, dejando a la clase de niños escuchando a escondidas.

"¿Qué ocurre?", dice el director Kelly cuando la puerta se termina de cerrar detrás de él. "Más vale que sea algo importante".

La señorita Scarry se ve aún más asustada, si es que eso era posible. "Taryn... ¿Taryn Michaels? Su padre ha tenido un accidente de coche esta mañana. Aún está inconsciente".

Alice Loureiro jadea. No puede evitarlo. "¿Se recuperará?". Siente como si estuviera mareándose.

En lugar de responder, la señorita Scarry se limita a asentir y anota todo lo que se ha dicho hasta ahora, incluido el grito ahogado de la señorita Loureiro. Alice siente que le hierve la sangre.

Antes de que pueda decir nada, la señorita Scarry continúa, mirando esta vez al director Kelly. "Entonces, hay que decírselo a la chica...".

El director levanta una mano para detenerla. "Apenas conozco a la niña. ¿Cómo se llamaba?".

"Taryn", completa la señorita Loureiro, con los ojos cerrados.

"Eso, Taryn", dice el director Kelly, pronunciando mal el nombre. "Es su alumna, si no me equivoco, señorita Loureiro. Creo que esta es la oportunidad perfecta para que sea reconocida como algo más que una maestra, como una mentora personal, incluso. Y lo antes posible".

A la señorita Loureiro casi se le cae la mandíbula mientras lo mira con incredulidad. Esta es la labor de un psicólogo escolar, no de una profesora de lengua española. Cuando la señorita Scarry termina de garabatear, los dos administradores miran a Alice expectantes.

Qué ridículo. Sin decir nada más, la señorita Loureiro da un paso atrás hacia el aula y cierra la puerta.

Cuando Taryn llega a la habitación del hospital, Gloria está allí esperándola con una botella de zumo en la mano. Taryn entra llorando —ha sido incapaz de detener las lágrimas desde que la señorita Loureiro se lo dijo—, pero que esté Gloria ahí la hace sentirse un poco menos sola. Alice, en realidad. La señorita Loureiro había pedido que comenzaran a llamarla Alice.

Taryn se sienta en la silla junto a la cama de Peter e inmediatamente se lleva las manos a la cara. Gloria le acaricia la espalda un momento. Luego decide que a la niña probablemente le gustaría pasar un rato a solas con su padre para procesar todo lo que está ocurriendo, y se marcha. Entonces Taryn lanza un profundo suspiro y descubre su rostro, cubierto de lágrimas.

Es muy doloroso ver a su padre con los ojos cerrados. No puede soportarlo.

"Sigamos con nuestro libro, ¿vale?", dice con voz temblorosa.

Y saca la novela española de la mochila. Cuando la abre, una lágrima cae sobre la página. Coge un pañuelo y se seca las lágrimas con él. Luego, comienza a leer de nuevo, transportándolos a ambos a algún lugar que no sea este horrible hospital de Boston. A pesar del dramatismo de las páginas, Peter permanece quieto y en silencio ante ella. Ella pone una mano sobre la de él y sigue leyendo.

1555

Cuando cumplí ocho años y cuatro meses, mi patria se encaminaba hacia una edad dorada de esplendor literario y artístico, de exploración mundial, de prosperidad financiera y de ilustración social e intelectual.

Como es natural, el instinto humano siempre se inclina hacia el lado de la envidia, y hubo muchos otros imperios que intentaron detener nuestro progreso y apoderarse de lo que nos habíamos ganado por derecho. Para defender a España de los merodeadores, tiranos, ladrones, fuerzas oscuras y, en general, de los indeseables, se hizo un llamado a los hombres sanos que quisieran preservar nuestra patria y ganarse unas monedas de plata mientras tanto.

Me despedí de Santiago, con la promesa de volver algún día con más historias de mis nuevas aventuras. Durante mi travesía, me crucé con un muelle, un gran océano, barcos y marineros, y materiales que iban y venían. Siempre he sentido afinidad por el mar, así que decidí alistarme en los servicios navales.

A los ocho años hacía cola con todos aquellos hombres adultos. Orgulloso y paciente, respondía a las preguntas del solitario hombre que había detrás del mostrador.

Sin embargo, cuando me mandaron ante el funcionario de alistamiento naval, éste me miró con gran intensidad. Se inclinó sobre mis documentos durante un momento y luego volvió a mirarme. Luego, con una sonrisa, proclamó: "¡No apto para el servicio naval! Siguiente".

Me echaron. Sin embargo, en lugar de decepcionarme, sonreí mientras me escoltaban bruscamente fuera del mostrador.

"Qué decisión tan desafortunada para usted, señor", dije, con voz tranquila y firme. "¡Y para todos ustedes! Soy el mejor marinero en activo para el servicio. Nos volveremos a ver, pero en circunstancias menos cordiales".

El resto de candidatos, comenzaron a aplaudirme y a vitorearme.

La mano de Peter se mueve ligeramente bajo la de Taryn. Entonces, Taryn deja de leer repentinamente, sorprendida. Le frota suavemente la mano, con esperanza.

Sin embargo, no ocurre nada más. Gloria entra en la habitación y mira a Taryn expectante. Ya es hora de irse. Taryn se plantea por un momento decirle a Gloria lo que ha visto, pero se lo piensa mejor, y decide no hacerlo. No quiere darle a

Gloria falsas esperanzas. Taryn sabe lo que vio. Se lo contaría a un profesional.

Se levanta para irse. Antes de hacerlo, se vuelve un momento para ver a su padre, todavía tranquilo y en la cama del hospital.

Al día siguiente, regresan para sentarse de nuevo junto a la cama de Peter. Taryn entra y se sienta al lado de la cama. Mira emocionada a Peter en cuanto se sienta, como esperando algún tipo de movimiento a su llegada. No quiere perderse nada.

"Le he contado al médico cómo moviste la mano ayer", dice con dulzura. "Me dijo que sería 'increíble' que te despertaras. Yo creo que ocurrirá. Tengo fe en ti".

Saca el libro de su bolso y comienza a llorar con solo mirar la portada. Intenta no conmoverse demasiado y vuelve a mirar a su padre, apretando las manos contra el libro. Luego coge las manos de él y hace lo mismo con ellas, apoyándolas ligeramente contra la cubierta.

"Creo en este libro. Ocurren cosas increíbles. Ya verás", susurra Taryn.

Luego, abre el libro y, una vez más, comienza a leer.

1555

El rechazo siempre ha sido mi mayor fuente de inspiración. Lo sucedido no me desanimó en lo más mínimo. Caminé por el muelle, con mi saco repleto de provisiones, hasta que encontré mi camino.

Las semanas siguientes las pasé trabajando en el astillero a cambio de algunas provisiones y un barco. Todos los chicos del astillero se convirtieron en hermanos, como una masa sincronizada en cuerpo y mente. Martilleábamos radios en enormes tablones de madera, construyendo barcos todos juntos, martilleando de forma rítmica. Cuando el capataz ordenaba un descanso, dejábamos los mazos a un lado, nos secábamos la frente, bebíamos un trago de agua y nos sentábamos a charlar.

Recuerdo con frecuencia haber hablado con un obrero en una de esas pausas. Se llamaba Luis.

"Así que 'Benito', ¿no?", me preguntó Luis.

"Benito Martín del Canto, hijo de Juan Martín del Canto". Siempre pronunciaba mi nombre con ese orgullo.

"Encantador", asintió con la cabeza, con la expresión pensativa claramente reflejada en su rostro pétreo. "¿Por qué un muchacho aparentemente con título como tú se dedica a este trabajo?".

"Estoy formando mi propia flota naval española", dije con total naturalidad.

Luis soltó una odiosa carcajada que provocó que los demás obreros que nos rodeaban se pusieran a escuchar.

"¡No puedes hacerlo así como así!", dijo Luis.

"¿Y por qué no?".

"Oro. Esta madera…". Apretó con los nudillos el tablón en el que habíamos estado trabajando. "¿Sabes cuántos reales cuesta solamente esto? ¿Y cuánto necesitarías para un solo barco? Puede que tengas sangre azul, pero no tienes pinta de sangrar oro".

Sus declaraciones no me inmutaron lo más mínimo, aunque parecieron persuadir a sus amigos. "No es cuestión de hacer ostentación de riqueza", le dije. "Mi objetivo es proteger los intereses de España en el extranjero".

"¿En el extranjero?", dijo Luis, ahora con curiosidad.

"El Nuevo Mundo", confirmé. "Estoy siguiendo los pasos de Magallanes, partiendo de este Puerto de Sevilla, como él hizo. Pero tengo la intención de seguir explorando las inmensas posibilidades de nuestro planeta, en nombre de España".

Todos los presentes se callaron. Mi nuevo amigo, Luis, entornó los ojos.

"¿Alguno de ustedes, valientes caballeros, quiere unirse a mi flota?", pregunté. Mi confianza aumentaba ante la falta de respuesta de los hombres.

Un viejo enjuto alzó el puño. "¡Mejor que este trabajo!".

Sonreí ligeramente. Los hombres pronunciaron un par de afirmaciones más.

Antes de que pudiera proseguir, la voz del capataz resonó entre la multitud. "¡Muy bien! Vamos a preparar la siguiente fila".

La excitación que había generado fue disminuyendo poco a poco y los obreros volvieron a colocar los tablones de madera para unirlos a martillazos. La charla se detuvo en la gran mayoría, excepto por la conversación entre Luis y otro hombre.

"¿Y tú, Roderigo?", dijo Luis. "¿De dónde eres?".

"Soy de aquí", dijo Roderigo tajante.

Luis asintió y se reunió con los demás para enderezar en silencio las hileras de madera. "Hay que preguntar qué pasa ahora con eso de la Paz de Augsburgo", murmuró en voz baja. "¡Cualquier Estado del Sacro Imperio Romano Germánico podría ser luterano si el Príncipe así lo decidiera!".

"Por decreto del Emperador", dije, y un par de hombres más se mofaron y farfullaron airadamente.

"A veces me pregunto si prefiere la paz a España", dijo Luis moviendo la cabeza.

Un par de hombres soltaron un grito ahogado.

"Mientras sea nuestro gobernante, respetaremos su legislación", respondió el anciano.

Un obrero más joven también intervino. "Puede que no sea por mucho tiempo. Si Felipe II nos guía, España seguirá siendo fuerte. La fuerza está en la fe católica, no en la tolerancia de la herejía".

El capataz, ajeno a la conversación, se acercó de nuevo. "De acuerdo", dijo. "Acabemos por hoy. Bendiciones mañana, que es el día de Todos los Santos".

Esto fue recibido con aplausos por todos los obreros.

"Todos a Triana", respondió Luis. "Conozco a unas flamencas estupendas. Esta noche sigue siendo de los vivos".

Cuando todo el mundo hubo recogido sus cosas y se preparó para partir, nos encontramos frente a la entrada del astillero. Todos los obreros se reunieron felizmente alrededor de Luis, listos para partir, excepto Roderigo y yo, que nos preparamos para partir en la otra dirección.

"¿No os reunís con vuestras familias?", nos preguntó Luis a los dos.

"Me es muy imposible llegar al Vaticano mañana a primera hora".

Luis sonrió, impresionado y un poco divertido. "De acuerdo. ¿Roderigo?"

Roderigo levantó la vista con su habitual falta de expresividad. "Mi familia se ha ido recientemente al desierto. Solo quedo yo en Sevilla".

"Luteranos", murmuró otro obrero.

El anciano le hizo callar con un codazo en las costillas. "Cuius regio, eius religio. En la tierra del Príncipe, la religión del Príncipe. Roderigo se quedó en un estado católico; por lo tanto, debe ser un fiel católico".

Luis cruzó los brazos y se inclinó ligeramente hacia atrás. "Pues yo desde luego nunca le he visto con un rosario, eso seguro".

El ambiente se tensó, hasta el punto de que los hombres apenas se movían. Luis toqueteaba su mazo de trabajo.

Entonces, hablé yo. "El artículo 24 de la Paz de Augsburgo dice: 'En caso de que nuestros súbditos, tanto si pertenecen a la antigua religión como a la Confesión de Augsburgo, tengan la intención de abandonar sus hogares para trasladarse a otro, no serán perjudicados en su honor'. Vamos, no perdamos tiempo. ¿Quiénes de los aquí presentes se reunirá conmigo dentro de dos días para zarpar hacia el Nuevo Mundo?".

De repente, pude ver como la mirada de Luis dejaba de ser tan amistosa y se llenaba de desprecio. Se dio la vuelta para salir del astillero, seguido por la multitud.

Sin embargo, como he dicho antes, el rechazo siempre ha sido mi mayor fuente de inspiración. No me desanimé, ni mucho menos.

Roderigo y yo nos quedamos de pie, incómodos, los dos solos en el astillero, cada vez más oscuro, con nuestras mochilas colgadas al hombro.

"Ahí va mi tripulación de aventureros", musité, lo bastante alto como para que Roderigo me oyera. "Bueno, yo estoy igual de bien solo".

"Benito", dijo Roderigo volviéndose hacia mí, con los ojos repentinamente brillantes. "Eres un joven valiente. Sin oro y sin tripulación, estás preparado para navegar hacia el Nuevo Mundo. No obstante, ese tipo corpulento estaba equivocado. Tu problema no es la falta de dinero. Un civil no puede navegar bajo la bandera de España sin la aprobación real. Cuando zarpes, no podrás izar nada que no sea tu ropa interior sin ser arrestado por la Marina Real".

Me reí por lo bajo, me pareció muy gracioso. Me planteé contarle todo lo que había intentado con respecto a la Marina Real, pero me lo pensé mejor. Suspiré.

"Ven conmigo", dijo Roderigo, con una sonrisa.

Cuando llegamos a la casa de Roderigo, me quedé de piedra. Era un lugar precioso, bien amueblado y decorado con cosas caras. No había visto nada igual antes. Tuve que contener todas las preguntas que se me vinieron de golpe a la mente.

"Qué amable, Roderigo", dije en su lugar. Miré hacia el escritorio de mi izquierda y pasé la mano ligeramente por la superficie. "De muy buen gusto, debo decir. ¿Haya francesa?".

Roderigo asintió sonriendo. Me hizo un gesto para que me acercara a un gran arcón con hermosas e intrincadas tallas a lo largo de la cubierta. Podría haberme pasado una semana entera examinando aquellas tallas, todas ellas magistrales y llenas de detalles. Abrió el cofre y rebuscó entre varios documentos y tesoros. Finalmente, pasados un par de minutos, sacó un escudo con el blasón de un caballero español.

"Puedes usar mi escudo para navegar como flota española de orden real", exclamó.

Me quedé atónito, casi mudo. Cuando recobré la voz, no sabía por dónde empezar. "Eres un caballero".

"No en el sentido de importancia", dijo, de forma modesta.

"¡Qué! ¿No tienes deseos de alcanzar la grandeza a la que estás destinado?". Pienso en todo lo que yo haría si fuera un caballero, al que un Real concediera tal honor.

"De los caballeros, han salido muchos tontos. Empujados por caprichos, imaginaron la caballerosidad. El astillero me salva de tales frivolidades. Me gusta hacer algo útil para la Corona con mis manos". Hablaba en voz baja y con calma, de tal manera que uno ni siquiera podía imaginarse discutiendo con él.

"Es noble a su manera, Roderigo".

Roderigo asintió y me ofreció el escudo.

"Las órdenes de caballería de España están muriendo", dijo solemnemente. "Y no creo que sea algo malo en absoluto. Por si todavía vale algo, puedes quedártelo".

"Pero es tu sangre", dije, como protesta final.

"¿Tienes sitio en tu flota?", preguntó con toda la seriedad que le caracterizaba. "Seré tu humilde escudero del mar".

Sonreí. "Serás mi mano derecha".

Nos pusimos en marcha inmediatamente, Roderigo y yo. Preparamos nuestras maletas llenas de provisiones y nos dispusimos a la aventura.

Nuestro barco era desvencijado y de madera, de no más de seis metros de eslora. Sin embargo, incluso al lado de un barco de la Marina, era el más adecuado para nuestras tareas. Los preparativos de la Marina parecían de aficionados al lado de los nuestros.

Comencé a darme cuenta de que era bastante oportuno que el servicio naval hubiera hecho la vista gorda a mi talento. Yo no era de los que se pasaban meses limpiando, preparando y ensayando. Había un trabajo que hacer, nuestra exploración, y no había tiempo que perder. Roderigo me proporcionó la bandera, con el escudo real, y yo la icé. Entonces, zarpamos.

En 1560, luchamos juntos contra los piratas en el Caribe, codo con codo, cubriéndonos entre nosotros de todo peligro. Siempre hubo necesidad de proteger los bienes de España. Pero, ¿qué era lo bueno para España y qué era pura codicia? Las líneas entre ambos conceptos se difuminaban lejos de la Corona en el salvaje Nuevo Mundo.

A medida que nos acercábamos a la costa, todas estas preguntas nos abordaban también a nosotros. Roderigo y yo llevamos nuestra "flota naval". para averiguar qué tesoros se podían descubrir y qué amigos se podían hacer en el trozo de paraíso de Ponce de León, La Florida. Pero, sin darnos cuenta, condujimos hasta allí a quienes tenían intenciones poco amigables. La flota naval española nos había seguido desde España. Los dirigía Pedro Menéndez de Avilés. Era valiente. Hay que reconocerlo.

Roderigo y yo nos hicimos buenos amigos del hijo del almirante, que acompañaba a la expedición. Nos reíamos juntos alrededor de la hoguera, compartiendo historias de nuestros viajes. Pero Diego empezó a flirtear seriamente con una de las jóvenes francesas del cercano Fuerte Carolina. Tanto Roderigo como yo sabíamos que debíamos preocuparnos por su persecución de esta chica.

Cuando De Avilés regresó a la corte del rey Felipe II, mintió y afirmó que su hijo había naufragado. Le dio un beso en la mano al rey y le comunicó la noticia con una expresión triste en el rostro. Aprovechó la compasión del Rey para proporcionarle todos los barcos y el oro que necesitaba, no para la búsqueda de su hijo, sino para cumplir planes mucho más ambiciosos y sanguinarios.

Una noche de 1565, los barcos del almirante dispararon cañones contra el fuerte francés Caroline. Una explosión tras otra se sucedieron durante toda la noche. El crepitar eventual de los fuegos señalaba un colapso inminente del fuerte. Sin embargo, el fuerte no me preocupaba. Solo podía pensar en Diego mientras Roderigo y yo observábamos desde una colina cercana donde habíamos acampado. Ninguno de los dos podíamos quedarnos mirando y volvimos a centrar nuestra atención en el mapa de la geografía entre Florida y España que estábamos dibujando. Mientras estábamos trabajando, lloré por mi amigo, que seguramente ardería en los brazos de su amante por la mano de su propio padre. Lloraba porque era yo quien los había conducido a todos a esta península encantada con mis superiores habilidades de navegación, sin imaginar nunca las consecuencias.

Al día siguiente, en el colegio, Taryn comienza el día copiando con esmero las palabras de Benito en una hojita de papel rosa: El rechazo siempre ha sido mi mayor fuente de inspiración.

Justo en ese momento, el director Kelly decide entrar en la clase.

"¡Hola, chicos!", dice abriendo los brazos.

"¡Hola, director!". Caroline se levanta de la silla y saluda con la mano.

"Caroline", Kelly le hace un gesto y se acerca. "¿Cómo va el subsidio de tus padres?".

"Estupendamente, gracias", dice ella, con una voz estridente y orgullosa.

Taryn cierra el libro, al oír que el director se acerca a ella. Está a punto de esconderlo debajo de su escritorio cuando el director la descubre.

"Taryn". Se acerca a ella, regañándola. "¿Qué hay en el menú de nuestra lectora hoy?"

Con un movimiento ágil, coge el libro. El papel rosa con la cita recién escrita cae al suelo a unos metros de distancia. Empieza a acariciar el libro suavemente con la mano. "Ooh, que suave…".

Alice extiende la mano izquierda como un acto reflejo para impedir que toque el libro. Hay que tener especial cuidado con los libros viejos. Sin embargo, al hacerlo, Kelly le coge suavemente la mano y la retira.

Alice enfurece.

"Seguid, chicos", dice antes de darse la vuelta para marcharse, llevándose el libro con él.

En cuanto se va, Alice se vuelve hacia su alumna. "Taryn…".

Taryn se seca una lágrima de rabia. En ese preciso momento, suena el timbre del colegio. Antes de que Alice pueda disculparse o decir algo más, Taryn se va. Cuando se ha ido, Alice se fija en el trozo de papel rosa y lo recoge del suelo.

Lo lleva a su escritorio, donde, como era de esperar, tiene la carta de rechazo desplegada en la pantalla de su ordenador. Justo debajo de la carta de rechazo hay una palabra brillante que le llama la atención: "lista de espera". Pasa el pulgar por encima del papel rosa.

El rechazo siempre ha sido mi mayor fuente de inspiración.

Ahora que no la acompaña el libro, a Taryn la habitación del hospital le parece mucho más lúgubre. Se sienta en su silla habitual, pero ahora no tiene nada que hacer, más allá de escuchar los pitidos de las máquinas. Al cabo de unos minutos se incorpora, frustrada.

"Este lugar es horriblemente aburrido", dice, con la frustración evidente en el tono severo de su voz. "¿Tanto te aburres aquí? Dicen que te quedarás aquí quién sabe cuánto tiempo".

Su padre no responde. Solo se escuchan los pitidos. Se seca una lágrima que no había ni siquiera notado cómo caía.

"¿O es tu imaginación la que se está volviendo loca? A lo mejor aquí dentro se está mucho mejor que ahí fuera".

De nuevo, no hay respuesta al otro lado. Taryn le acaricia suavemente la mano y se dispone a abrir la cremallera de su mochila. Hablar es lo único que evita que el espacio se sienta vacío, así que continúa.

"Pensé en leerte algo. Creo que te gustaba la novela española, pero ese detestable director Kelly me la ha quitado esta mañana". Hace una pausa y continúa. "Lo sé, no debería haber estado leyendo en clase. Predecible en mí. Predecible en el director. Predecible tu sermón. No tienes ni que estar consciente para que pueda escuchar cómo lo dices".

Saca un montón de libros de la biblioteca y los despliega en el borde de la cama. Se aparta un momento, examinando las diferentes opciones con la mirada.

"He traído de todo. Debe de haber algo más que quieras oír". Coge uno. "¿Qué tal esta? Es una película biográfica de Kennedy. Tu favorita. 'No solo un hombre, no solo un líder. El rostro de Estados Unidos que el mundo entero observaba, y el rostro que su esposa y sus cuatro hijos conocían de memoria, difícilmente mejor que una nación entera".

Hojea centenares de páginas hasta que vuelve a cerrar la contraportada. Parece interesante, pero no se atreve a empezar a leer. No siente la misma emoción.

"Supongo que ya sabemos el final de Kennedy", dice con un suspiro. "Eso es lo que suele hacer que siga leyendo, la emoción de averiguar lo que sucede a continuación. Todo esto parece demasiado real... no sé. Signifique lo que signifique".

Con su frustración renovada, guarda todos los libros en su bolso, cierra la cremallera de la mochila y sale por la puerta, dejando que se cierre estrepitosamente tras ella.

Al día siguiente, Taryn regresa. Al entrar de nuevo en la habitación, una joven enfermera está acabando de colocar sábanas nuevas sobre el cuerpo inmóvil de Peter. La enfermera se toma unos instantes para admirar el hermoso rostro de Peter, y Taryn se queda mirando en silencio mientras lo hace. Al cabo de un rato, la enfermera se percata de la presencia de la niña y sonríe con una mezcla de vergüenza y lástima. Luego, se da la vuelta para marcharse.

Taryn cierra la puerta y se sienta en la silla junto a la cama, dejando caer la mochila al suelo.

"Tenía que haber aprovechado la situación", dice, hablando deprisa, un pensamiento tras otro. "No sueles tener mucho tiempo para escucharme, así que he apuntado algunas cosas que quiero contarte, ahora que puedes escucharme".

Se pone las gafas y saca su bloc de notas, en el que ha anotado frases desordenadas.

"Ya que siempre me lo sueles preguntar, esta es la historia de mi día. Pero no la parte aburrida". Respira hondo y asiente antes de empezar. "El día empezó con un dolor atroz de estómago porque me moría de hambre. Literalmente. Gloria no me ha dado de comer desde que estás aquí. Esto es especialmente peligroso porque estoy creciendo. Mis dolores del crecimiento han ido empeorando cada vez más. Puede que mis huesos acaben saliendo a través de la piel y la gente huya de mí con miedo el resto de mi vida".

Pasa la página del cuaderno y continúa, cada vez más segura de sí misma y cada vez yendo a un ritmo más lento.

Alice se sienta en su escritorio durante la pausa del almuerzo. Cada vez se sentía un poco menos motivada para trabajar durante la pausa del almuerzo después de los acontecimientos relacionados con Taryn. Pobre niña. Hoy se pone a investigar sobre su tema de interés más reciente: los métodos de datación de los libros impresos entre 1500 y 1700.

Hace clic en un enlace sobre la evolución de la novela que le llama especialmente la atención. Menciona que la primera novela moderna se considera Don Quijote, de M.C.S.: Miguel de Cervantes Saavedra.

Está intrigada. Sin embargo, su intriga se ve interrumpida por una llamada de la oficina. El director Kelly la llama.

Entra lentamente en su despacho, deseosa de que se le ocurra alguna excusa para evitar esta reunión por completo. Kelly, apoyando los pies en su escritorio, deja a un lado la revista que estaba leyendo. Probablemente algo inapropiado. Alice no se sorprendería.

"Pues nada, aquí estamos", exclama él con su tono habitual cuando ella entra.

Ella intenta no mostrar el fastidio en el tono. "¿Querías verme?".

"Sí". Le señala el sillón que tiene enfrente. "Siéntate, querida Alice".

Ella se sienta en la silla. La silla está degradantemente baja. Esto empeora por momentos. "¿De qué va esto?".

Se acaricia la barbilla, como quien está profundamente pensativo. "He estado pensando en los problemas que has estado teniendo para mantener la atención de tus alumnos".

Alice traga saliva. La idea de ser despedida flota inmediatamente en su mente. La aplasta.

"Pensé que, realmente, esto es culpa de los padres", continúa él, provocando que ella se relaje y se sienta confusa. "Ser padres es el trabajo de los padres. ¿Y no es la crianza de los hijos hacer que sigan las reglas de decoro social? Reglas como mirar a tu figura de autoridad a los ojos cuando les impartes conocimientos inestimables".

Hace un gesto de "mírame a los ojos" con dos dedos y se peina el pelo. Alice lo observa. Se da cuenta.

"Pero, por desgracia, algunos de nuestros alumnos más problemáticos, como...". Parece olvidar por un momento a quién se refiere y luego lo recuerda. "Como Taryn Michaels. He estado llamando a su padre, a ver si puede cambiar esta actitud, pero estos padres... tan poco receptivos".

"Peter Michaels está en coma", dice Alice, mostrando su disgusto en el tono. Está completamente estupefacta.

Kelly la ignora como si no hubiera dicho nada. "Supongo que es una excusa. Oh, ¿pero esa Caroline Sweeney? Qué delicia. Ella me dio esta manzana. Y un asiento en la gala benéfica de sus padres".

Le da un mordisco odioso a la brillante manzana roja, chorreando zumo por todas partes. Luego guiña un ojo y deja la manzana a medio comer encima del libro de Taryn en su escritorio. Alice lo mira.

"Ese libro…".

"Sí", dice Alice, con los ojos achinados. "El libro de Taryn Michaels".

Lo coge, soltando la manzana, que rueda por el suelo. La señorita Scarry se asoma todo lo posible por la ventana de su despacho, recoge la manzana y se retira. "¿Te interesa este libro?".

Alice se acomoda en el sillón. Intenta alisarse la falda con dignidad, pero es casi imposible. "Y tú tienes interés en una cita para la gala benéfica de Sweeney".

Los ojos de Kelly se abren de par en par, y momentos después recupera la calma. "¿Estás libre, entonces?".

"Puedo estarlo", dice Alice apretando los dientes.

"Me ahorro unos dólares". Él sonríe.

Cuando Alice sale de la habitación, lleva el libro triunfalmente bajo el brazo.

1567

Después de todo lo sucedido en La Florida, decidí trabajar dentro del sistema para comprobar qué bien podía hacer. Roderigo aceptó un puesto de empleado naval en tierra, y yo el más bajo en el mejor barco de la Armada española. Tenía veinte años y fregaba la cubierta mientras patrullábamos la costa occidental de África.

Un día, en mitad de nuestro viaje, oímos la campana y un grito procedente de la cofa.

"¡No es uno de los barcos de Henry Caravel, pero no logro descifrar su título!", exclamó el marinero.

Toda la tripulación comenzó a preparar el barco para la batalla. Yo, por el contrario, no me apresuré a luchar. Me limité a mirar atentamente el barco extraño en la distancia. Justo al lado de donde yo había estado fregando se encontraba el camarote del capitán, y al sonar la campana, el capitán abrió de golpe su puerta.

"¿Qué es todo esto, muchacho?", me preguntó.

"Han divisado un extraño barco en el horizonte", dije señalando. *El hombre cogió su catalejo y observó la nave. "Pero no estoy convencido de que quiera luchar. Ni siquiera tiene pedreros".*

El capitán me hizo un gesto seco con la cabeza. "¡Alto!", gritó. Todos los hombres del barco cesaron sus movimientos de inmediato. "Retírense, caballeros. Vuelvan a su sitio. Es sólo el Madre de Deus. Hawkins está navegando con bandera británica. No tiene ningún interés para nosotros".

Las preparaciones para luchar se replegaron inmediatamente, y la tripulación volvió al mantenimiento rutinario, con abundantes suspiros por parte de la tripulación. El Capitán me impidió que volviera a seguir fregando. Me tendió su catalejo para que mirara a través de él.

"¿Qué le interesa?", pregunté, fijándome en las características únicas de la nave.

El capitán volvió a coger su catalejo y miró hacia abajo. "Carga humana", dijo antes de salir hacia sus aposentos.

"Carga humana", dije, desconcertado, mientras seguía contemplando la premonitoria nave. Nunca había visto una igual.

Un viejo suboficial, con un ojo y un diente de oro, estaba fregando un barril cerca de allí. Había estado escuchando. "Ya sabes, las pieles oscuras del interior".

En ese momento, me hicieron partícipe del funcionamiento interno de la institución más malvada de la historia de la humanidad. Vi pasar el barco de esclavos y cómo se alejaba. Con una súbita determinación, me subí a la borda heroicamente y me zambullí en las olas. El viejo segundo oficial, que tenía muchas ganas de continuar la conversación, seguramente se quedó bastante confundido al ver que me había ido.

Me impulsé grácilmente por el pacífico y vacío océano. Sonreía con frecuencia, viendo los peces que nadaban a mi lado por todas partes. Finalmente, vi el timón del barco y me dirigí hacia él con renovada energía, mientras todos los peces me seguían. Pero entonces, desaparecieron. Me di la vuelta y vi algo enorme que se me acercaba.

Un tiburón gigante.

Abrió la mandíbula y vi como una enorme caverna de dientes se acercaba hacia mí. Tragué rápidamente saliva y corrí el resto del camino hacia el barco. Entonces, salté hacia el casco, salí del agua por el timón y me lancé en picado por un portillo de poca altura que estaba abierto.

Establecí un nuevo récord mundial, aguantando la respiración. Pero cuando me zambullí en aquel portillo, me zambullí en algo completamente atroz.

El barco se tambaleaba violentamente, embestido por el morro del tiburón. La muchedumbre, integrada por decenas de africanos, se asustó. Cuando por fin recuperé el equilibrio, me fijé en la larga cadena que los unía a todos, encadenándolos a las paredes del casco.

"Prepárense para liberarse, amigos", les dije. "Subid todos a la vez. Yo me encargaré de distraerlos".

Podía oír la ira del capitán de esclavos desde arriba. Comenzó a bajar las escaleras.

Una mujer me respondió con un español entrecortado: "¡Seguiremos encadenados, aunque subamos!".

Entonces entró el capitán de esclavos, y yo me oculté tras un cesto de tela bajo el portillo.

"¿Qué está ocurriendo?", le preguntó a la mujer. "¿Es algún tipo de magia negra?".

El viento soplaba a través del portillo, produciendo un silbido. Entonces se me ocurrió una idea. Cogí la tela blanca de arriba de la cesta y dejé que se moviera con el viento mientras hacía espeluznantes ruidos fantasmagóricos. La mujer me miró como si estuviera loco, pero pude ver cómo la sábana llamaba la atención del Capitán de Esclavo. Este comenzó a acercarse hacia mí lentamente, visiblemente nervioso. Cuando estuvo lo suficientemente cerca, la cogió y, tirando de ella, me puso en pie.

"¡Un maldito naval!". Se quejó mientras me arrastraba por el cuello, subiéndome por las escaleras hasta llegar a cubierta. No me vio hacer una señal a las personas atónitas que estaban abajo.

Arriba, me arrojaron al centro de un círculo de temibles marineros.

"Ahora", dijo el Capitán de Esclavos, con los ojos encendidos de rabia. "¿Qué hacemos contigo?... Supongo que sólo eres un muchacho. No necesitamos hacerte más daño del necesario. Puedes encargarte de limpiar nuestra cubierta hasta que lleguemos a puerto".

"Estoy aquí para liberar a todas las personas de abajo". Nunca he sido el tipo de persona que oculta sus verdaderas intenciones.

"Como quieras, traidor insolente", gruñó. Sus ojos escudriñaron a la multitud, en busca de ideas, hasta que oyó un fuerte chapoteo junto a la borda. El primer oficial miró por encima de la barandilla.

"Capitán...", dijo, con voz temerosa. El capitán de esclavos me arrastró hasta él, y entonces pude ver lo que el primer oficial estaba mirando. Una enorme aleta se movía por debajo. El capitán de esclavos sonrió maliciosamente.

"¡Atadlo!".

Antes de que pudiera pensar cualquier otra cosa, ya estaba atado y colgado de una cuerda amarrada a un aparato de pesca, mientras me balanceaban sobre el agua. El capitán y la tripulación parecían estar muy entretenidos mirando alegremente por encima de la cubierta. Una enorme aleta de tiburón estaba a apenas una docena de metros, acercándose cada vez más a mí.

Miré hacia la puerta de la escotilla, la que llevaba a la cocina. No había rastro de gente. La aleta se acercaba lentamente. Por primera vez en mi vida, comencé a ponerme nervioso.

Entonces, la puerta de la escotilla se abrió. Se asomó uno de los hombres que reconocí, viendo a la tripulación alineada contra la barandilla de espaldas. Les hice un gesto de ánimo con la cabeza. El hombre condujo a toda la gente, llevando su larga cadena, hacia la cubierta.

Entonces, el tiburón se lanzó fuera del agua. El Capitán de Esclavos se giró y se percató de la muchedumbre encadenada que tenía detrás gritando. Y yo, bueno, me vi tragado entero por el tiburón que saltaba.

Pude oír los gritos de todos a bordo desde el vientre del tiburón. Cuando los volví a ver, el tiburón había vuelto a saltar, con la boca abierta de par en par, mostrando sus hileras de dientes blancos y brillantes. 300 dientes, pude contarlos. Me quedé sobre su lengua, triunfante, como si cabalgara desde dentro.

"¡Sujetad las cadenas!", grité. La multitud escuchó y me siguió rápidamente, justo a tiempo. El tiburón saltó por última vez sobre el barco. Al hacerlo, caí sobre la cubierta. El tiburón rompió las cadenas con sus mandíbulas y liberó a toda la gente.

La tripulación comenzó a correr despavorida en todas direcciones mientras los recién liberados vitoreaban victoriosos. El tiburón revoloteó por la cubierta, persiguiendo y mordisqueando a todos los miembros de la tripulación que encontraba. Pero antes de que pudiera morder a alguno de ellos, puse fin a todo, a la violencia y al júbilo.

"¡Espera! ¡Los necesitamos!", le grité al tiburón. Se detuvo de inmediato y saltó al mar desde el borde del barco. Pude ver cómo se alejaba hacia el atardecer, con su enorme aleta serpenteando en zigzag. La multitud liberada y yo nos despedimos con la mano.

Las mareas cambiaron después de aquello. Me encargué de que la tripulación se ocupara de las operaciones del barco. El capitán de esclavos se encargó de limpiar la cubierta. Hizo un gran trabajo. La mujer recién liberada se hizo cargo del timón, conduciendo el barco en dirección a su hogar. Agradecí el momento de paz, al navegar con la cara contra el viento.

La alegría por la libertad de mis nuevos amigos fue sublime, pero duró muy poco. Tan pronto como había viajado al siguiente puerto para reunirme con mi tripulación naval, no pude evitar pensar en todas las personas que aún estaban esclavizadas. Me perseguían en mis sueños. Ahora que había experimentado en carne propia el sabor de la injusticia, estaba familiarizado con el dolor de la restricción física, pero lo más tortuoso era la restricción mental. A medida que veía crecer el horror de la esclavitud, mi mente se desbocaba hasta llegar a la locura.

Se acabó el mar para mí.

En mi pasado, ya había sido una persona que se caracterizaba por su espontaneidad, pero en los últimos años, realizaba un esfuerzo consciente hacia un comportamiento racional con el fin de librarme de la estupidez, para que aquellos que tenían influencia sobre mi libertad me tomaran más en serio, entre otras cosas. En 1570, me encontraba pensando en ello entre los habitantes de la ciudad de Madrid. Imaginé el Nuevo Mundo, el espanto de los esclavos que cosechaban algodón en extensos campos. Mi vívida imaginación ha sido a menudo mi mayor enemigo y, por supuesto, este escenario no fue una excepción. Aquella noche de 1570 me encontraba ante el Palacio Real de Madrid. Mientras visualizaba cómo arrancaban a un hombre de su hogar, de su mujer, de sus hijos y de su cama, mi predisposición a tomar decisiones razonables se había topado con un enemigo de lo más formidable: la imaginación y su apego a la justicia.

Escalé con pericia el muro hacia una ventanita y salté al interior del palacio. Fue asombrosamente sencillo entrar en los aposentos del rey. Una vez dentro, me fijé en la gran cama del rey en la lujosa habitación. Curiosamente, sus sábanas estaban deshechas y vacías.

De repente, una espada atravesó el aire, rebanándome el vientre. Agarré con destreza una bandeja de plata de debajo de un juego de té próximo para defenderme del golpe, dejando tras de mí todos los elementos de cerámica del juego de té perfectamente colocados en su sitio. El portador de la espada era el rey Felipe II, en camisón y con gorro de media. Resoplaba agitadamente con la espada en la mano, una que evidentemente había arrancado de la pared.

"¿Benito?". Me reconoció inmediatamente.

En lugar de seguir peleando, decidimos que seguramente sería mejor para nosotros disfrutar de un té juntos. Él en camisón y yo vestido de indigente, hacíamos buena pareja.

"¿Has probado eso que llaman 'café'?", le pregunté, tratando de conseguir que hablara de alguna manera sobre el Nuevo Mundo. Pero, por desgracia, me superaba con creces.

Nuestro té duró poco, ya que seguidamente me condujo al almacén del palacio. Estaba lleno, según me explicó, de todo tipo de cachivaches que le habían regalado a lo largo de los años. Quedé asombrado por todo lo que vi: cerveza embotellada de Inglaterra, un proyector de Mercator y una imprenta alemana.

"¿Usas esto?", dije al contemplar el artilugio alemán. Me moría por tener uno en mis manos.

"Todo tuyo", dijo, sin pensarlo ni un momento.

No sabía cómo expresarle mi gratitud, así que seguí recorriendo la sala en busca de otros temas de conversación. Por suerte, encontré una bolsa de café. La sostuve en la mano, mientras sonreía.

"Me han contado ligeramente cómo se usa esto", dije, sonriendo.

"Es de Arabia", dijo, pronunciando el nombre del lugar como si fuera una palabrota. Mi sonrisa pareció ponerle nervioso.

Para aguantar el resto de la noche, tuve que usar ese café. Todo ello estaba dentro de un elaborado intento de demostrar al rey que hay lugares fuera de España, fuera de Madrid, incluso, que tienen muchas cosas que apreciar. Me dispuse a tostar los granos de café encima de la chimenea, era como había oído que se hacía. Luego, los trituré a mano antes de prensarlos en un pequeño recipiente y echarles agua hirviendo. El rey Felipe se quedó observándome todo el rato, despierto conmigo toda la noche.

Cuando terminé, estaba muy contento con el resultado. El café me hizo sonreír. El Rey, sin embargo, no estaba tan convencido.

"Vamos", le dije, acercándole la taza. "Es solo un trago".

Finalmente, el rey Felipe se acercó la taza a los labios y bebió lentamente un sorbo. Hizo una pausa. Luego, para mi deleite, tomó otro sorbo pensativo.

"Es amargo... y ácido", dijo el Rey con una voz de lo más diplomática y protocolaria. "Y, a pesar de todo, es extrañamente tentador".

Volvió a beber, pero esta vez bebió un buen trago, y yo le seguí. Dejó escapar un suspiro de absoluta satisfacción. Me sentí triunfante. Entonces se le ocurrió una idea y observó la taza con desconfianza.

"¿Pero crees que es cristiano?".

Nos pasamos el resto de la velada juntos debatiendo los méritos católicos de muchas cosas, entre ellas el café. La más importante, por razones obvias, era el problema de la esclavitud. Le expuse mi postura al rey utilizando la biblia católica, haciendo uso de toda la elocuencia que fui capaz de reunir. A medida que pasaban las horas, Felipe se dejaba convencer cada vez más.

El repartimiento continuó en la América española y en Filipinas, y los españoles fueron clientes participativos en el comercio de esclavos africanos en las Indias Occidentales durante mucho tiempo. Pero a partir de entonces, España no volvería a tener barcos negreros bajo su mando.

A la mañana siguiente, Alice llega temprano a la escuela colocando el libro en el regazo. Toma algunas notas en un bloc que tiene delante: "Panadería sevillana, Armada española, imprenta, mención de encarcelamiento... M.S.".

Sus ojos examinan la información de la investigación que ha sacado de la pantalla que tiene delante. La luz del ordenador le ilumina la cara. Transcurren las horas.

Finalmente, se sienta en la silla y se queda contemplando la pantalla. En ella se encuentra una biografía online de Miguel de Cervantes Saavedra. Coge el libro de Taryn asombrada. Apenas se lo puede creer.

"Creo que esto es real", murmura para sí misma.

Vuelve a mirar el trocito de papel rosa. Oh, Taryn.

En el hospital, Taryn se pasea emocionada delante de la cama. Ha llevado tan lejos como ha podido la idea de relatar sus días en forma de cuento. Es algo muy divertido para ella.

"Entonces, cogí un tren a Nueva York. Me expulsaron, ya sabes, así que no pasaba nada por faltar a clase". Hace una pausa, esperando la respuesta de su padre. En condiciones normales, respondería. Como no lo hace, continúa. "Tuve un encontronazo con una prostituta, pero tenía el alma muy limpia. Quería hablar con ella como con una amiga que nunca tuve. Ella, sin embargo, era más amiga de su chulo".

Sigue sin contestar. Taryn se ríe un poco.

"Después de experimentar todo lo que la ciudad puede ofrecer durante las Navidades —sí, aún siguen celebrándose, aunque estemos en mayo—, mi maestro me acogió y me dijo que no deseara un mártir, sino que viviera humildemente lo que creo hasta mi último día". Siente como cada vez se encuentra más emocionada, así que se sube a la cama y se coloca a los pies de ella. Sus piernas sobresalen de forma exagerada. "Phoebe no quiso ir al oeste conmigo, así que aquí sigo. La he visto montar felizmente en el tiovivo bajo la lluvia. Prefiero no hablar más del tema porque los echo mucho de menos a todos".

Con esa floritura final, se cubre la cara a modo de trágico final. No responde. Mira a su padre a través de los huecos de los dedos. Se sienta con las piernas cruzadas.

"Sí, ese era el argumento de El guardián entre el centeno. La señorita Loureiro nos ha pedido que cada uno haga un monólogo para teatro. Y yo pensaba hacer una adaptación en un acto. Me dijo que era espontáneo. Y de corazón puro, creo. Me dijo que era muy generoso de mi parte compartir mi talento".

Aunque vuelve a no responder, esta vez Taryn se sienta con una sonrisa.

Después de clase, Alice continúa investigando en su escritorio. Todavía no le ha devuelto el libro a Taryn, pero no es culpa suya. Es simplemente porque hay tanto por investigar en este texto. No puede parar. Sabe que va con retraso en el trabajo por culpa de esto, pero es que se trata de lo más interesante que le ha ocurrido. En ese momento, cierra los ojos y aprieta las manos contra el libro. Sencillamente se dedica a soñar despierta con todo lo que podría llegar a ser.

Cuando el director Kelly llama a la puerta.

"¡Iuju!", grita. Alice abre los ojos y esconde el libro en su regazo. "¿Qué haces aquí todavía?"

Los ojos de Alice destellan frustración, pero luego suspira. "Preguntándome cómo he llegado a este lado del aula, supongo". Piensa en su carta de rechazo. Qué vida ha llevado.

"Nostalgia de la juventud, ¿eh?", dice, mientras toma asiento en uno de los pupitres cercanos al suyo.

"Todos los que nos dedicamos a trabajar con niños debemos tener algo de eso, ¿no?", dice ella. No puede contener la nostalgia que se deja entrever en su voz. Como sabe que se arrepentirá, vuelve a centrar la conversación en él. "¿Qué te gusta de los niños?".

Kelly se toma un buen rato para pensar. "Son fáciles de manipular".

Alice baja la mirada, sin disimular apenas el disgusto.

De forma sorprendente, continúa. "Muchas veces por su propio bien. Puedes decirle a un niño que su madre ha ido a un lugar ideal sin que termine de ser una mentira: su parte de arriba estaba en Franklin y sus piernas en Federal, las tripas en la encrucijada. Me ahorró algunos disgustos antes de que tuviera la edad suficiente para comprender qué es cada cosa".

Alice asiente ligeramente ante ello, y Kelly mira hacia abajo para evitar su mirada. Ella también baja la mirada y se encuentra con el libro que tiene en las manos.

"Tienen imaginación", dice. "Están dispuestos a creer. Hacen lo que quieren o lo que les conmueve, no hacen las cosas porque 'se supone que deben hacerlo'. Es muy difícil volver a contagiarse de eso".

Kelly asiente. Se levanta torpemente y tiene que sostener el pequeño escritorio debajo de él. "Tal vez estemos de acuerdo en algo, después de todo. Nos vemos en la gala benéfica".

Alice lo observa hasta que cierra la puerta.

A estas horas de la noche, Taryn se siente bastante desolada. Se ha quedado sin absolutamente nada sobre lo que hablar. Sabe que Gloria llegará pronto.

"Pero, la verdad, fue como si se encendieran las luces del escenario de Broadway", dice, sin dejar de hablar de su actuación. Lleva toda la tarde pensando en ello. "Sobre mí, ya sabes. Por primera vez. No puedo creer que les gustara la idea, y no vomité ni nada".

Le coge la mano y se le saltan las lágrimas. Cada vez es más difícil no tener miedo. "No sé qué más decir. No tengo el libro y es lo único que parecías escuchar atentamente. Tendré que recuperarlo de alguna manera. Lo terminaremos. Quizá la señorita Loureiro pueda echar una mano con ello".

Le da un beso en la mano y mira el reloj que hay en la habitación. Ya son casi las siete. Su padre debe de estar a punto de llegar del trabajo. Suspira profundamente.

"Algunas personas piensan que la sensación de aislamiento desaparece cuando termina la historia", reflexiona. "Pero Salinger siguió solo después de toda la fama... Puedes estar aquí encerrado solo durante mucho tiempo y sin embargo escribir algo que conmueva al mundo. Aunque solo sea en tu mente".

Le pone la mano en la frente con ternura. Desearía que volviera.

1570

El rey Felipe y yo nos hicimos amigos enseguida de una manera que no esperaba. Luego, cuando falleció la reina, escribí poemas en su memoria. Creo que esto, con el corazón lleno de gratitud, ayudó al rey en su dolor. Y al hacerlo, también me ayudé a mí mismo en mi dolor.

Hay quien hace

eslabones y cadenas;

Y hay quien hace

¡las cadenas del amor!

Porque hay acero

para forjar y torcer

y hay amor verdadero

¡que hallar o inventar!

Así que, compra el mejor metal,

tienes dinero suficiente,

y únete a quienes hacen

¡las cadenas del amor!

Estos poemas cargados de dolor y de nostalgia me hicieron ocupar un lugar en el tribunal. Sin embargo, y a pesar de ellos, se produjeron grandes pérdidas y se sembró el caos en el mar. Al rey le encantaba mi poesía, pero cuando desplegó tropas supe que mis habilidades serían mejor aprovechadas en el campo de batalla. Además, la experiencia nutriría mi escritura.

Luché valientemente, cañoneando desde mi barco. Observé cómo se hundían los navíos enemigos y vi cómo mis hombres partían por la mitad a sus oponentes. También tuve la oportunidad de volver a ver a mi querido y valiente amigo Roderigo, aunque fuera por última vez. Me consolé escribiendo cuando Roderigo, que había sido como un hermano para mí, mi mano derecha, se hundió ante mis ojos. Una bala de cañón se dirigió directamente hacia su barco mientras su mano se tendía hacia la mía.

Ese mismo día me topé con un oso que estaba encadenado y había sido brutalmente maltratado, esgrimido por una nave enemiga. Trataron de soltarlo en mi barco con una pasarela, pero no les dejamos acercarse lo suficiente. Después, uno de nuestros enemigos azotó el trasero del oso, que se precipitó por su cubierta y saltó a la mía.

Aterrizó justo a mi lado. Antes siquiera de que pudiera reaccionar, se abalanzó sobre mí y me mutiló la mano derecha. Sentí una agonía extrema. Solté la espada, y coloqué la mano derecha intacta sobre el hombro del oso que gruñía. El oso estaba confuso, pero empezó a calmarse muy lentamente y juntos apoyamos nuestras cabezas el uno contra el otro en medio de la miseria de la guerra.

Después de todo lo ocurrido y de la pérdida de Roderigo, perdí mi mano derecha. Pero aprendí algo de la naturaleza humana y de la naturaleza no tan humana. Después de presenciar cómo el Papa Pío V pronunciaba un discurso de victoria ante hordas de italianos, españoles y otros en 1571, comprendí que ningún acto humano podría resolver jamás las divisiones que nos separan de Dios.

Me encontré en Túnez en 1574, huyendo de fuerzas enemigas con mis compañeros soldados. Era un frenesí, cada uno buscando lo suyo. Me escondí detrás de un enorme fardo de heno y vi cómo Don Juan de Austria se encaramaba a una pila de barriles de vino. Luego cortó una soga que tenía debajo y los barriles cayeron, derribando enemigos a diestro y siniestro. Don Juan surfeó por los barriles y atravesó a los pocos hombres con los que se cruzó. El vino corrió por las calles, confundiéndose con la sangre.

"¡Nunca es demasiado pronto para celebrar una victoria!", exclamó.

Admiraba la táctica y el dramatismo característicos de este hombre. Estaba a punto de expresárselo cuando, al seguir su mirada vi que un soldado enemigo estaba a punto de atropellar a un inocente niño de cinco años. Don Juan entró en acción antes que yo. Agarró al niño y lo cubrió, preparándose para morir dramáticamente. El soldado enemigo preparó su espada para atravesarlos a ambos.

No podía dejarles morir. Entonces agarré un arnés de caballo y salté por encima del fardo de heno de dos metros tras el que me ocultaba. Enrollé el arnés alrededor de la espada del soldado como si fuera un látigo y se la arranqué de las manos.

Una madre campesina, sin duda la madre del niño, salió corriendo de una casa cercana. Debió de presenciar aquella escena. El niño corrió a sus brazos. Fui a ayudar a levantarse a don Juan, que salió corriendo en otra dirección haciendo un guiño. Estuve a punto de reírme. Estaba a punto de seguir a Don Juan en la distancia cuando de repente, el soldado enemigo sacó otra espada y la alzó en mi dirección.

Antes de que pudiera si quiera moverme, la madre soltó un alarido. "¡Enes! ¿No conoces a tu propio hijo?".

Enes se detuvo y se quedó mirando fijamente a la mujer y al niño. Permaneció inexpresivo. Luego me sujetó los brazos por la espalda.

"Has salvado a mi hijo de mi propia mano", me susurró en turco. "Por eso vivirás".

Y me sacó de allí.

La celda en la que me encerraron estaba sucia y oscura, no era nada del otro mundo. Era el único prisionero de aquella batalla. Todos los demás desafortunados españoles emprendidos fueron masacrados. Solo me preguntaba que había sido de mi señor, Don Juan. Puede que no solo sobreviviera, sino que escapara. O tal vez se encontró con la punta de una espada en cuanto dobló la esquina que me separaba de él. Pero, de algún modo, quise imaginar que no moriría nunca.

Cuando cinco años más tarde Felipe pagó por mi liberación, no tuve más remedio que volver a una vida con "libertad". El brillante sol que se reflejaba en el Palacio Real de Madrid me cegó, al igual que lo hizo esta nueva y repentina libertad. Desde entonces, mi mente nunca estuvo libre de la muerte, de lo imposible, de Don Juan, de palabras...

Cuando Alice ve "Don Juan" escrito en el libro, pasa la mano por encima con asombro. No se lo puede creer. Lleva toda la noche leyendo en la escuela, y no dejan de revelarse cada vez más respuestas.

"Si esto tiene fecha anterior a 1605, es innegable que se trata de...". No puede ni terminar la frase para sí misma. Es tan evidente que le cuesta creerlo.

Abre el correo electrónico con la carta de rechazo en su ordenador y empieza una nueva respuesta. Escribe: "Estimado Comité de Admisiones de Princeton: Le escribo para informarle de un cambio en mi expediente de admisión".

Saca un sobre del cajón de su escritorio. Tarda unos minutos en salir por la puerta.

Cuando vuelve a la habitación, Taryn ya está allí. Todavía es temprano. Alice no esperaba estudiantes hasta dentro de una hora o así.

"Taryn, ¿estás bien?", le dice, mientras la estudiante se gira para ver a su instructor entrando en la habitación. "¿Por qué has llegado tan temprano?".

Taryn se levanta, manteniéndose perfectamente erguida. Tiene una expresión muy seria. "señorita Loureiro, ¿recuerda el libro que se llevó el director Kelly, que le pareció 'fascinante'?".

Alice asiente despacio. Siente que algo se le hunde en el estómago.

"Me di cuenta", continúa Taryn. "Quizás pueda ayudarme a recuperarlo. Puede que suene como si fuera una estupidez, pero por favor, créame. He estado leyéndolo, porque qué otra cosa se puede hacer…". Se detiene un instante. Respira hondo. "Se ha emocionado cuando se lo he leído. Y no he encontrado ninguna otra cosa que lea o diga que haya sido capaz de hacer eso. Supongo que… las probabilidades empeoran por momentos. Lo necesito. Ya".

Ahora está llorando, las lágrimas le ruedan por la cara sin dar ningún tipo de señal de parar. Está avergonzada, pero no puede evitarlo. Parece su última oportunidad.

Alice se adelanta y suavemente coge las manos de Taryn. "El director Kelly me devolvió el libro".

Taryn puede sentir como el alivio le recorre el cuerpo. Todo va a salir bien.

"Pero ya no lo tengo", continúa Alice.

De repente, el agobio vuelve. Entrecierra los ojos.

"Se lo cedí a la institución más respetada en el estudio de la cultura y la historia españolas". Taryn retira las manos, sorprendida, mientras Alice continúa. Las lágrimas se convierten en lágrimas de rabia. "Van a datarla con carbono y se hará un análisis caligráfico...".

"¿Por qué?". Taryn da un paso atrás con fuerza. "¿Por qué harías eso?".

Alicesiente absoluta desesperación ahora, se encuentra casi al borde de las lágrimas. "Porque, Taryn, tú y yo hemos hecho un descubrimiento asombroso. Creo que Cervantes escribió ese libro. No se conserva ningún manuscrito original de las obras publicadas de Cervantes. Pero el libro que tú, o tu padre, supongo, encontraron, nunca fue publicado. Nunca antes visto. Y sorprendentemente bien conservado".

Taryn sacude la cabeza con incredulidad. "¿A quién le importa? Tiene que leerlo. ¿Por qué necesita que lo sepa todo el mundo?".

"¿No quieres compartirlo?". Alice intenta coger de nuevo las manos de Taryn, pero la alumna no la deja.

"Estoy preocupada por mi padre. Ahora mismo no tengo espacio para nada más". El tono de Taryn es frío. Está emocionalmente agotada y tiembla tanto que tiene que apartar la mirada. Entonces, le viene un pensamiento. "¿Cómo termina?"

"¿Qué?"

"Dime cómo termina el libro. Al menos podré contárselo a mi padre".

Alice abre la boca y sin que salga ningún sonido por ella, la vuelve a cerrar. Su corazón se hunde todavía más. "No lo terminé".

"¿Qué?". El último trozo del corazón de Taryn que quedaba intacto se rompe por completo.

"Me emocioné tanto cuando mencionaba a Don Juan que lo envié sin leer el resto".

A Taryn no se le ocurre nada más que decir. Cierra los ojos e intenta contener las lágrimas. Cuando no puede, se da la vuelta y se va.

"¡Estamos haciendo historia!", grita Alice como siguiéndola. Vuelve a su silla, se siente culpable, disgustada.

1579

Aunque Felipe continuaba queriendo mi ayuda en cuestiones que afectaban a toda la nación, yo ya no podía seguir así. Por mucho que me suplicara, no podía unirme a él. Me limité a mirar Madrid por la ventana, ajetreada y cubierta por el azul del cielo.

"Solo te pido la imprenta", le dije al rey. "Permíteme mi último favor".

Felipe se entristeció por ello, pero le dijo a su sirviente que me la trajera. Una vez me la pusieron delante, mi último deseo se había cumplido.

Durante todo el año 1580, me dediqué a escribir. Me sentaba en mi escritorio con una sola vela, escribía lenta y seriamente. La depresión se apoderó de mí. Las criadas me traían la comida, pero no comía a menudo. Incluso el sonido de la puerta cerrándose cuando se iban me resultaba muy molesto. Comencé a vivir en silencio.

Al escribir, busqué la vida en la muerte, la salud en la enfermedad, la libertad en la cárcel, la huida de la trampa y la lealtad en el traidor. Pero mi destino, del que jamás he esperado nada bueno, se alió con el cielo para decidir que, ya que pido lo imposible, ni siquiera se me concederá lo posible.

Como el resto de España, en 1583 perdí dinero. Mi cabaña se hallaba desnuda y solitaria en las colinas de Madrid, pero allí me encontraba contento. Una de mis pocas alegrías provenía de la difusión de mis poemas entre algunos selectos amigos del extranjero. Los españoles eran diferentes, oprimidos e ignorantes. Incluso esos pocos admiradores extranjeros eran muchos más de los que yo tenía en Madrid.

Disfrutaba particularmente animando a escritores desconocidos más jóvenes que experimentaban con formas que al mundo le vendría bien revitalizar. Una vez recibí una carta de un amigo en la que decía: "De las criaturas más bellas anhelamos el aumento, para que así la rosa de la belleza nunca muera...".

Respondí rápidamente: "Querido Will, ¿no podría ser éste el comienzo de una historia para el escenario?".

Sin embargo, no podía ganarme la vida escribiendo para mí y mis amigos. Volví a trabajar en la Marina como comisario. Resultaba un trabajo tedioso, para alguien con ojo para el detalle, no para alguien con grandes ideas. Mientras examinaba formularios fiscales a altas horas de la noche, dudaba ante mi pluma. ¿No podríamos hallar una forma más sencilla de asegurarnos de que pagamos los impuestos que debemos?

Los funcionarios con los que trabajé nunca recibieron este tipo de preguntas. Se limitaban a soltar rápidamente otra pila de papeles sobre mi mesa, levantando una nube de polvo. "Tu trabajo es seguir instrucciones y permanecer en línea como cualquier buen funcionario", me decían. "Si tú no quieres hacerlo, lo hará otro".

Pero yo seguía teniendo grandes ideas. Mientras los oficinistas pulían los botones de los oficiales superiores, yo escribía en trozos de papel nuevo que escondía entre los montones. Cuando miraba por la ventana, podía verme a los cinco años, saltando por un campo similar, riendo, bailando en la hierba. Siempre fue un recuerdo agridulce.

Quería pasarme la vida buscando oportunidades para hacer algo, todo, para ayudar a mis compatriotas y al mundo. Y quería que me admiraran. Estaba claro que mi corazón no estaba por la labor. Ahorré durante muchos meses hasta que me libré de la pobreza. Empecé a seguir mejor las instrucciones, deseando que llegara el día en que volviera a ser mi propio amo, el capitán de mi propio barco. Las pilas de trabajo disminuyeron. La única escritura que me importaba era la mía propia.

Un día, en 1590, renuncié.

"Ah, oficial del Canto", dijo el oficial superior. "Justo a quien estaba buscando".

Su rostro demostraba la emoción opuesta, y su expresión severa me aterrorizó. El empleado, a su lado, mostraba una sonrisa chulesca. Me mostró un viejo formulario fiscal, de cuando yo apenas acababa de empezar a trabajar en este puesto. Uno de antes de empezar a escribir, cuando no comprendía este trabajo como un simple medio para alcanzar un fin.

Me detuvieron delante de todo el despacho. Hice lo que pude para protestar, pero nadie me escuchó. A nadie le importó que yo conociera al rey. Me ofrecí a pagar el error de mi propio bolsillo, pero el empleado se limitó a sonreír satisfecho y volver a sentarse en su silla.

Me metieron en otra celda. También era húmeda, oscura y horrible. Por supuesto, a nadie se le ocurrió molestar al rey para ver si realmente conocía a un humilde comisario naval sin familia y con modestos ahorros, un "evasor de impuestos" por un error descuidado y un subordinado rencoroso. Ojalá le hubiera dado a mi empleado un regalo de navidad más bonito, quizá una de mis famosas ensaimadas. La comida en la cárcel no era ni por asomo tan deliciosa. Pero, en el fondo, sabía que no podía hacer nada para complacerle, salvo apartarme de su camino.

Al no tener una ventana al mundo, decidí crear la mía propia. Llevaba conmigo una hoja de papel en el bolsillo. Me asomé a la celda y hablé con el guardia, que más tarde me enteraría que se llamaba Silvestre.

"Disculpe, buen señor", le dije. El guardia se volvió hacia mí, desconfiado. Me di cuenta, al cabo de un instante, de que no me iba a responder de palabra de ninguna manera. "Puede que no parezca gran cosa en este momento. Pido disculpas por mi apariencia comprometida. Pero creo que soy una de las mejores personas de

España. Tengo un ingenio y una imaginación excelentes, y quiero compartir con usted un texto de teatro corto, para contagiar a un compatriota español las alegrías del teatro".

Silvestre tampoco respondió ante ello, pero parecía patidifuso. Me alegré de haberme ganado la atención de mi público.

"Hay, sin embargo, una pequeña pega. Me gustaría un pequeño intercambio. Una pluma y tinta para la noche del estreno. Una hoja de papel para cada una de las siguientes noches"

Silvestre se lo planteó. "Primero tengo que comprobar si eres bueno".

Con una sonrisa en el rostro dije: "Me parece justo". Hice una pequeña pausa para ponerme en situación y volví a ponerme contra los barrotes, haciendo la interpretación más exquisita que me fue posible. "¡Qué luz se filtra por aquella ventana! ¡Es el este, y Julieta es el sol!".

Pude observar cómo la expresión de Sil se resquebrajaba ligeramente, así que continué, llevándolo al límite. Cogí un poco de heno del suelo de mi celda y rápidamente me hice una larga peluca rubia. "Romeo", continué. "Romeo. ¿Dónde estás, Romeo?".

"¡Para!". Sil se echa a reír de forma descontrolada. Se seca las lágrimas de risa de la cara.

"Me alegro de que te haya entretenido", le digo, tratando de convencerle aún más, si es que no lo estaba ya por completo. "No es una comedia propiamente dicha, pero... realmente es de los mayores talentos emergentes que he visto. Mi amigo Will, en Londres, está trabajando en ello. Le he dicho que ha encontrado oro y que siga con ello, ¿no crees?".

Sil asintió lentamente. "Creo que el trato es justo", dijo, titubeando. "Pero que nadie sepa que te estoy dando nada, ¿entendido? ¿Puedo confiar en ti?".

Dejé que mi peluca de paja cayera al suelo a mi alrededor. "Tienes mi palabra. El sello del rey la respalda".

Los ojos de Sil se agrandaron al oír eso. "¿Tú? Si eres amigo del rey, ¿por qué estás aquí?".

Sonrío, la primera sonrisa real que he sentido en semanas. "Estoy tomándome un tiempo para escribir".

Sil asiente despacio, con una sonrisa en el rostro. Nos damos la mano a través de los barrotes.

Sil cumplió su promesa y de forma casi inmediata comencé un nuevo viaje. Un viaje hacia mi interior en lugar de hacia el ancho mundo que había más allá de los muros de la prisión. Todos los días, Sil me pasaba a escondidas una nueva hoja de papel que yo añadía a mi pequeña pila. Mi pelo crecía con el paso del tiempo y mis ojos albergaban cada vez más esperanza. Era pionero de una nueva modalidad literaria. En el asidero más oscuro de España, en una época alejada de lo que para mí era la edad de oro de mi madre patria, decidí escribir el relato de mi propia vida. Estáis leyendo mi historia, pero al fin y al cabo es una historia. Me he acabado convirtiendo en un personaje. Afortunadamente, no hay tiempo que perder, vagando perdido en La Mancha de mi mente. No hay ventana de salida. Esta es la ventana a mi mundo.

Yo la llamo la "novela".

En la Universidad de Princeton, a cientos de kilómetros de distancia de los problemas de Taryn y Alice, Daylet Domínguez pasa la noche en su despacho. No ha regresado a casa desde que recibió el manuscrito de una tal Alice Loureiro, de Boston. Tras horas y horas de lectura, levanta la vista de su libro con una expresión de gran sorpresa, descubrimiento y emoción.

Mira a su profesor, que está profundamente dormido en el despacho, que por lo demás está vacío.

"¡Tim!". El profesor se despierta, sobresaltado. "Consígueme una reunión con el decano Schwartz mañana, tan pronto como sea posible. ¡Y con el presidente!".

Tim lo observa atónito. "¿Qué?".

"¡El presidente de la facultad! Aunque la Casa Blanca también debería saberlo. Tengo un trozo de historia entre mis manos".

Tim se queda mirando el libro que Daylet sostiene en las manos.

Alice recorre con lentitud los pasillos de lápices de colores y los sonrientes personajes de dibujos animados de la "tabla de progreso". Otro día más recogiendo material para la clase. Coge una hoja de pegatinas con estrellas doradas que dice: "¡Eres una estrella!".

Se queda mirándola, un poco dudosa. Luego, la deja en su sitio y elige una fila de animales del zoo ligeramente emocionada, una cebra con una bandera que dice: "¡Hasta el último tiene una oportunidad!".

Otra profesora pasa arrastrando los pies, una que parece mucho mayor que Alice, y musita para sí misma mientras mira las pegatinas. "¡La mejor manera de aprovechar un sábado!".

Alice sacude la cabeza, un poco disgustada. ¿Cómo ha llegado su vida a este punto? Al girar para entrar en un nuevo pasillo, su móvil empieza a sonar desde un número desconocido.

"¿Diga?", contesta mientras acepta la llamada.

"¿Alice Loureiro?".

"¿Sí?".

"Este es el profesor Domínguez, de Princeton".

Alice está a punto de reír del asombro. "¡Oh!".

"¡Estamos tremendamente entusiasmados con el libro y las hipótesis que barajamos sobre su origen! Ahora mismo estamos organizando una conferencia con el decano del departamento de nuestro campus asociado en la Universidad de Sevilla. Nos gustaría que viniera a debatir con nosotros la posibilidad de que ésta fuera efectivamente la primera novela moderna, escrita por Miguel de Cervantes".

Alice salta en silencio en el pasillo. "¡Sí!".

"Excelente", dice él, y ella puede oír cómo se barajan papeles al otro lado de la línea. "Y usted se encuentra en nuestra lista de espera para el programa de posgrado, ¿correcto?".

"Sí", dice ella, casi sin aliento.

"Bueno, nuestra junta de admisiones está tan entusiasmada con esto como nosotros. El libro es…".

"Un momento". dice, recordando a Taryn y a su padre. "¿Cabría la posibilidad de tener el libro algún tiempo más antes de la audiencia?".

Se produce una pausa en la línea.

"Oh", dice Daylet. "Bueno, está en Sevilla sometiéndose a datación por carbono y análisis de escritura. No sabía que no lo habías analizado a fondo…".

"Estaba tan emocionada…".

Otro silencio en la línea.

"Mejor que no lo sepa la junta", dice despacio. "A mí también me hace ilusión y, por lo que he leído, lo entiendo totalmente. Sé que los laboratorios de Sevilla terminan esta noche, y los resultados se entregarán en la vista del lunes por la mañana. Si puedes llegar a Sevilla, antes del lunes por la mañana, tendrás la posibilidad de mirar el libro".

Alice mira su carrito lleno de material escolar. Toma la decisión de dejarlo atrás y sale por las puertas de la tienda.

"Puedo hacerlo".

Primero va corriendo a su clase. Agarra su portátil del pupitre y se acurruca bajo él para coger el cable de carga. Lucha por desenchufarlo mientras busca vuelos en el teléfono que lleva en la otra mano. Todos los vuelos de la noche están completos. Sólo queda un asiento para el domingo por la noche. En primera clase, por dos mil dólares.

Alice hace una mueca. Abre su aplicación bancaria. Tiene algo menos de dos mil en su cuenta corriente.

Recorre los pasillos con su portátil en los brazos. Cuando llega a la oficina de la directora Kelly, la Sra. Scarry está allí, limándole las uñas. Cuando llega Alice, avergonzada, deja la limadora y empieza a teclear al azar para parecer ocupada.

"¿Se encuentra el director Kelly?".

"Ha salido", responde brevemente la señorita Scarry.

"¿Cuándo volverá?".

Suena el teléfono. La señorita Scarry contesta. Alice la fulmina con la mirada.

"No pasa nada. Me cruzaré con él al salir", dice y se da la vuelta, dejando a la perezosa secretaria tras de sí.

Camino de la puerta, vuelve a mirar el último asiento disponible que queda en su teléfono. A pesar de su buen juicio, pulsa el botón "comprar".

Alice sale corriendo hacia el aparcamiento. Al doblar una esquina del edificio de la escuela, choca literalmente con el director Kelly, que deja caer la manzana roja que está comiendo. La mira enfadado y se inclina lentamente para recuperarla.

"Lo... lo siento", dice Alice apresuradamente. "Necesito hablar con usted".

"¿Manzana?", dice con tono sarcástico, haciendo un gesto con la manzana que ahora tiene en la mano.

"Solo verde para mí", dice ella frunciendo el ceño.

"De hecho estaba a punto de llamarte".

Alice se detiene en seco. Está confusa. "¿Por qué?"

"Para pedir hora para recogerte esta noche", dice él. Su corazón se hunde.

"¿Esta noche?".

"La gala benéfica".

"Oh". Su mente da mil vueltas a través de todas las formas en las que puede disculparse para salir de esto.

"Pensé que podríamos pasar un rato divertido", dice, equivocándose completamente en su tono. "Es para la escuela…".

"Soy del colegio, y lo siento, pero tengo que volar a España. Solo necesito un adelanto para comprar el billete". Se apresura en sus palabras, sin dar la más mínima explicación.

"¿Hay… un español?". Se le ve extrañamente cabizbajo, y Alice se siente insultada por el mero hecho de pensarlo.

"¡No! Yo…". Se mira las manos y luego vuelve a mirarle a él. Tiene que hablar con confianza. "Voy a asistir a una conferencia con el consejo de Princeton sobre Cervantes. Él escribió ese libro que le confiscaste a Taryn. ¡Se trata de la primera novela moderna escrita! Creo".

Él no reacciona como ella esperaba. "¿Quién es Cervantes?".

"El autor del Quijote", dice ella con un suspiro. "¿Acaso fuiste a la escuela?".

Kelly se enrojece al escuchar el insulto. "No tienes que demostrar nada a los elitistas engreídos de la literatura que no te querían en primer lugar".

"¡Me pusieron en la lista de espera!", dice casi gritando. "¡Eso significa que 'quizá' me quieran! Y ahora seguro que sí, porque he hecho el mayor descubrimiento literario desde el diario de Ana Frank".

"El cual lo escribió una niña pequeña", dice Kelly. "Pensé que le devolverías el libro a Taryn. La fantasía es cosa de niños, Alice. Todos debemos crecer".

Y se pone a masticar su manzana sucia. Alice lo observa, sintiendo pena por él.

"Entonces, sobre el adelanto y librar el lunes...".

"Si no vienes el lunes, perderás tu trabajo".

Alice se sorprende por la firmeza de su afirmación. Abre y cierra la boca, buscando algo que decir. "¿Sólo porque estás enfadado porque no me interesas?".

"Porque solo te interesas por ti misma". Él rebusca en su bolsillo y saca una manzana verde. "Ya sabía que te gustaban las verdes".

Se la lanza juguetonamente, pero ella la deja caer al suelo. Lo mira un momento, aparentemente pensando en algo, y luego pasa de largo hacia el aparcamiento. Kelly la mira irse.

"¡Eh!", le grita, señalando la ventana por encima de su hombro izquierdo. "¿Es ésta tu clase?

Alice no mira hacia atrás. "Sí, lo era".

Kelly hace malabarismos con la manzana y la lanza tan fuerte como puede contra la ventana. La manzana cae al suelo dejando apenas una marca. Mira la ventana un segundo, con los hombros caídos, y utiliza el codo para limpiar la mancha.

Cuando Alice atraviesa el control de seguridad del aeropuerto, consulta la aplicación de la aerolínea. Ve que hay un embarque en treinta minutos y va corriendo hacia la puerta de embarque.

Recibe una alerta en su teléfono y se pone a caminar a paso ligero para comprobarlo. Acaban de ingresar 5.000 dólares en su cuenta bancaria y Kelly le envía un mensaje de texto: "Llámalo indemnización de primera categoría. Sin condiciones. Buena suerte".

El viaje es largo. El avión y el sol se cruzan sobre el océano Atlántico. El globo gira a medida que el avión se aproxima a Europa, luego a España, antes de que la oscuridad lo cubra todo y aparezcan las luces parpadeantes de Madrid. Cuando Alice llega, recobra el aliento ante el Palacio Real de Madrid, exactamente igual que hace 500 años. Se sube a un tren nocturno con el variopinto grupo característico de ese tipo de transporte: Turistas australianos, estudiantes estadounidenses y personas mayores españolas que venden recuerdos de la capital.

Cuando llega a la campiña sevillana, sale el sol, como reconociendo su llegada. El edificio de la universidad se esconde tras la fachada dieciochesca de una Real Fábrica de Tabacos.

Todo es silencio en el impresionante vestíbulo cuando Alice llega. Son apenas un poco más de las 6 de la mañana. Hay una puerta de oficina ligeramente abierta a su derecha, así que decide entrar primero en esa habitación. Abre la puerta aún más. La puerta chirría.

Un joven se despierta a tientas detrás de la mesa del presidente de la Universidad. Se levanta rápidamente.

"Hola. Tú debes de ser Alice", dice con una sonrisa. "Yo también soy estadounidense, así que soy como tu embajador. De Princeton".

Se queda sorprendida por su sonrisa y le tiende la mano. "¡Oh, profesor Daylet!".

"Bueno, no", dice él con una ligera mueca en el rostro. "Soy el ayudante del profesor Daylet".

Le estrecha la mano de todos modos, y seguidamente se queda esperando. Se frota los ojos, haciendo una larga pausa para dormirse sobre sus pies antes de responder.

"¡Oh!". Se dirige a coger un paquete cuidadosamente envuelto del escritorio y se lo entrega con una leve reverencia. Alice se esfuerza por no reír.

"Gracias", dice, observando su incómoda postura.

"Lo estaba guardando hasta que llegaras. Y con eso, ¡te veré en la conferencia! ¡A las 9 a. m.!".

Se cierra la puerta con un clic. Se produce un silencio.

Se queda quieta un momento. Contempla los contrafuertes del increíble edificio y tantea ligeramente el libro que tiene delante. Extrae sus extensas notas e investigaciones y desenvuelve el paquete. Daylet también ha empaquetado una gran cantidad de notas pormenorizadas.

Ella aparta las suyas y hojea las de él. Qué momento tan surrealista.

Abre el libro por donde lo había dejado.

1596

Felipe había dejado que las arcas se resintieran de hambre otra vez. La comida en la cárcel escaseaba, e incluso el papel era raro en todas partes. Acababa mis representaciones en mi celda apenas iluminada y recibía cada vez de Sil mis escasos trozos de papel. Sin embargo, ahora parecía más avergonzado que antes mientras se alejaba hacia las sombras.

Afilaba la pluma con los dientes y acomodaba cada trozo para poder escribir. Mientras realizaba mi trabajo, me preguntaba a menudo por aquel ingenioso caballero de humilde cuna, mi señor en la batalla, el caballeresco don Jua,n suspendido en nuestra era moderna. Así fue hasta que un día la celda contigua a la mía, perpetuamente oscura, empezó a crujir.

"¿Quién anda ahí?", grité.

Recibí un sonoro bostezo. Don Juan salió de un montón de heno y se asomó a la tenue luz de la antorcha que alumbraba mi celda.

"*¡Don Juan!*", *me sorprendí. "¡Me preguntaba si habrías encontrado tu destino en Túnez! O si habrías escalado tu camino a las estrellas*".

Don Juan inclinó entonces amablemente la cabeza. "El joven y valiente Benito. ¿Quieres beber algo?"

"*No, me temo que no, señor. Al fin y al cabo, estamos presos*".

"*Ah*", *dijo, como si acabara de darse cuenta. "Sí*".

"*¿Llevas aquí todos estos años? ¡Nunca me había percatado de tu presencia!*".

"*Oh, he estado aquí desde siempre, creo*", *dijo, sonriendo. "Simplemente he estado durmiendo*".

"*Tienes una gran inclinación por el sueño*", *dije, todavía incrédulo de que estuviera allí.*

"*Sólo hay una cosa mala en el sueño*", *declaró. "Lo parecido que es a la muerte. Hay muy poca diferencia entre un hombre dormido y un cadáver*".

Asentí. "Hasta la muerte, todo es vida, don Juan".

"*¿Es mejor?*", *me preguntó. "Todo lo que sé es que, mientras duermo, nunca tengo miedo. No tengo esperanzas, ni luchas, ni glorias —y bendito sea el hombre que inventó el sueño, que sirve como manto sobre todo pensamiento humano. Y moneda universal con la que se pueden comprar todas las cosas, peso y balanza que pone al mismo nivel al pastor y al rey, al tonto y al sabio*".

"*Toda España está en el mismo pozo de deudas, es cierto*", *musité con un suspiro. La respuesta fue un triste silencio compartido por los dos. Traté como pude de cambiar de tema. "¿Cómo llegaste a la cárcel, entonces?".*

"Amberes".

Amberes era el centro de toda la economía internacional. Por allí pasaban cientos de barcos al día. Las calles se pavimentaban literalmente con oro, y los barcos sólo traían pimienta y canela. Felipe ganaba siete veces más oro en esos puertos que en el Nuevo Mundo. Pero a mi pequeña Sevilla le iba bien, enviando plata americana allí antes de que Felipe volviera a estar en el hoyo en el 57.

Es decir, hasta que los protestantes se rebelaron, y comenzó esta sangrienta guerra. Don Juan llevó a su Tercio a Amberes en el 74, tras haber instruido a los nuevos voluntarios con las tácticas militares más avanzadas. Perdimos a muchos de nuestros oficiales en Túnez, pero salvamos a muchos inocentes.

Teníamos a las mejores tropas del mundo. Luchar contra banqueros cobardes no supuso ningún problema para Don Juan y sus hombres. Las tropas saquearon las casas de comercio internacional, convirtiendo a los gordos banqueros venecianos en histéricos. El dinero se convirtió en el problema. Los hombres de Don Juan eran honrados, pero tras años sin recibir suficiente remuneración de la Corona, tomaron lo que creían que era suyo, arruinando para siempre la ciudad dorada. Don Juan lo observaba todo desde lo alto de una colina, atado a un poste.

"Motín", dije.

Don Juan asintió lentamente. "Excepto tú, Benito".

"¿Yo?". Entrecerré los ojos, confuso. "No, estuve cinco años en una prisión turca, don Juan".

"¿Eras tú?".

Don Juan empezó a relatar una historia que comenzó con un gruñido ensordecedor que resonó por los pastos y los campos.

"Conoces la leyenda de Amberes", continuó don Juan. "Antigoon, el gigante bajo el puente. Para pasar tenías que dar un pago por ello. Así fue como mis hombres voluntarios entraron fácilmente por las puertas doradas".

"Pero no teníais oro para pagar", dije.

"Sí, Benito". Señaló suavemente mi mano. "Si no tienes oro, Antigoon tomará una mano y la arrojará al río Escalda. Gracias por tu sacrificio".

Di un paso atrás. "Perdí mi mano a manos de un gran oso en la batalla de Lepanto".

"¿Un gran oso?". Don Juan se rió, como si la idea fuera completamente absurda. "No, sin ti, mis tropas nunca habrían entrado en Amberes. Amberes nunca habría caído. Fue una victoria importante y terrible para España. Lo diste todo por España, Benito. Eso es un honor".

"¿Para despojar a la encrucijada de nuestro mundo moderno de sus hijos, oro y promesas?". Hablé en voz baja. Hacía tanto tiempo que no le hablaba así a otro. "¿Eso es honor?".

"Las heridas recibidas en batalla otorgan honor. No te lo quitan".

"*Esta mancha solitaria de luna sobre la Tierra no fue quemada por honor. Lo máximo que puede decirse es que se quemó por amor. El honor es puro, el amor es guerra*".

Recordé aquel día, la batalla de Lepanto. Cuánta violencia había habido. Volví a recordar cuando apoyé mi cabeza contra la del gran oso mientras las olas se agitaban y las explosiones se desvanecían en la paz.

"*Bueno*", dijo don Juan, aclarándose la garganta y devolviéndome a la realidad. "*¿Qué historia crees que es la verdad?*".

"*Creo que preferiría no creerme ninguna de las dos si no tuviera solamente una mano fantasma*". Intenté como pude convertirlo en una broma, pero no sonó como tal.

"*La verdad puede estirarse mucho, pero nunca se rompe, y siempre aflora por encima de las mentiras, como el aceite flota sobre el agua. El destino guía nuestras fortunas más favorablemente de lo que podríamos haber esperado. Mira ahí, Benito, amigo mío, y podrás contemplar que hay gigantes salvajes, con los que pretendo entablar batalla y matarlos a todos y cada uno de ellos, para que con el botín robado podamos comenzar a enriquecernos. Esto es una guerra noble y justa*".

"*No hay guerra justa*", dije sencillamente. Cerré los ojos, transportándome a algún lugar donde los molinos de viento se convertían en gigantes. "*¿Qué gigantes?*".

"*Los que puedes ver en tus sueños con los brazos enormes, algunos de los cuales miden casi dos leguas de largo*".

Me reí entre dientes. "Ahora mira, lo que yo veo no son gigantes, sino molinos de viento. Lo que parecen brazos son sólo sus velas, que dan vueltas en la ventana".

Don Juan soltó una carcajada, tan aguda que parecía un grito de guerra. "Obviamente, no sabes mucho de aventuras".

Más tarde, esa misma noche, escribí toda la conversación que tuvimos don Juan y yo. No podía creer mi suerte. Cuando terminé de transcribirla, volví a aburrirme. Me acerqué de nuevo al borde de mi celda.

"¿Don Juan?". Llamé una vez, pero no hubo respuesta. Lo intenté de nuevo. "¡Don Juan!"

Tras un leve susurro, la nariz de Don Juan se asomó.

"¡Creo que, por fin, de tan poco dormir y tanto escribir, se me ha secado el cerebro y me he vuelto completamente loco!", susurré, lo suficientemente alto como para que me oyera incluso en la oscuridad.

"Cuando es la propia vida la que se vuelve lunática, ¿quién sabe dónde está la locura?". Don Juan sonrió, consciente de la brillantez de sus palabras. "Tal vez ser demasiado práctico sea lo que represente la locura. Renunciar a los sueños, tal vez sea locura. Demasiada cordura puede ser locura y lo más loco de todo; ¡ver la vida como es, y no como debería ser! Escribe eso".

No podía evitar sonreír mientras garabateaba sus palabras lo más rápido posible. Antes de que pudiera terminar de escribir, Don Juan se había ido y Sil agitó mi celda. Me puse de pie, listo para mi actuación.

"Vamos", empecé. "Vámonos a la cárcel: Nosotros dos solos cantaremos como pájaros en la jaula".

"Este es uno de los buenos", oí que Sil tranquilizaba a alguien. No importaba. Por muy grande que fuera mi público, daría el mismo espectáculo.

"Como si se tratase de espías de Dios: y desgastaremos en una prisión amurallada, manadas y sectas de grandes, que fluyen y refluyen por la luna".

Sil se volvió y se inclinó ante alguien. "Un detalle del amigo del don en las Islas del Norte".

Antes de que supiera qué pensar de su comentario, el rey Felipe II entró en el pequeño círculo de luz, aplaudiendo. "Vaya, está oscuro", declaró. "Si pudiera verte mejor, Benito, estoy seguro de que tendrías un aspecto horrible".

Sentí cómo se me secaba la boca ante su presencia. Había perdido por completo la esperanza de que llegara ese día. "Felipe. Ha pasado mucho tiempo".

"He venido a dejarte salir, amigo", dijo lentamente. "Lamento no haber venido antes esta vez".

"No fue tan rápido la última vez".

Felipe frunció el ceño con culpabilidad ante aquello. Hice un gran esfuerzo por que mis emociones no se manifestaran, aunque amenazaban con desbordarse por primera vez en mi vida.

"Evadiste impuestos, Benito", dijo. "Eso es una forma de robar a la Corona. A España".

"Lo he dado todo por España". Hablé con persuasión y firmeza. "Y no estoy seguro de si fue lo correcto. Pero lo volvería a hacer. No con una espada, sino con una pluma. Tú también debes dejar la espada, Felipe".

"A mi edad no lucho más que contra la muerte, Benito".

"Me refiero a tus ejércitos y armada". Recordé mi época en el Nuevo Mundo. Recordé a Roderigo. "¡Esta guerra durará ochenta años! Lucháis en tantos frentes. Está destrozando España por las costuras de los bolsillos".

"Hay numerosas rebeliones y malvados atacantes", dijo el rey, sacudiendo la cabeza. "¿No has visto los vicios que cometen? Es nuestra responsabilidad mantener el mundo en orden".

"No es responsabilidad de España descubrir si los afligidos, los encadenados y los oprimidos que encuentra se ven reducidos a estas circunstancias y sufren esta angustia por sus vicios, o por sus virtudes: su única responsabilidad es protegerlos como personas necesitadas, teniendo ojos solo para sus sufrimientos, no para sus fechorías".

"Eres un poeta, Benito", dijo, dando esa concesión. Aun así, negó con la cabeza. "Eso me gusta de ti, pero no es justo".

"Tu búsqueda de la justicia no llegará a su fin y traerá mucho sufrimiento consigo. Ni el bien ni el mal pueden durar para siempre. De ello se puede deducir que, como el mal ha durado mucho, el bien debe estar ya cerca".

Metí mi única mano y mi único muñón entre los barrotes. Felipe se rió y me sacudió el muñón con alegría. Luego, tras un gesto a Sil, me quitaron las cadenas. Me incliné ante Felipe en señal de gratitud, a pesar de nuestras desavenencias.

"Ven, amigo". El rey me tendió una mano. "Hace tiempo que necesitas un buen baño".

"Me reuniré con usted en el palacio, mi señor. Debo recoger mis pertenencias".

El rey miró por encima de mi hombro a mi celda detrás de mí. "¿Tienes oro escondido en el heno?".

Ambos nos reímos entre dientes.

"Tal vez", dije. La cuestión era que, en aquel momento, no sabía si era oro de verdad o no.

Cuando Felipe se fue, volví a mi celda. Inmediatamente me sentí confundido. No encontraba los papeles. Revolví desesperadamente en el heno hasta que me di cuenta.

Yo no era el único en el drama. Don Juan no era el único actor. El personaje más perspicaz de la obra es el tonto, porque el hombre que quiere parecer sencillo no puede ser un simplón. Sil me había robado los papeles, quizá dándose cuenta de que podrían publicarse por alguna cantidad de dinero. Y Felipe tenía razón. No tenía más que recuerdos mohosos aprisionados en mi mente.

Me encontré sumido en una profunda desesperación.

Alice contempla la escritura con una gran confusión. Apenas le queda una sexta parte del libro por leer. Lo cierra una vez más y mira la portada. Es increíble.

Entonces, como si nada, la puerta del despacho se abre de golpe. Alice, sobresaltada, mira el reloj: faltan pocos segundos para las nueve. Daylet entra con una sonrisa de genuina emoción.

"Allá vamos", dice, a modo de presentación.

"Pero...". Alice se levanta, inmediatamente ensimismada. "¡Escribe que le han robado la novela que pasó años escribiendo! ¿Qué es esto, entonces? Tengo que terminarla".

Levanta el libro preocupada. Daylet parece nervioso, pero no particularmente sorprendido. La coge de la mano y la conduce fuera del despacho, a través del vestíbulo, hasta la puerta de la sala de conferencias. Las enormes puertas se abren ante ella. Alice se esfuerza por no pensar en las intensas miradas que le dirige Daylet, como diciéndole que termine inmediatamente el resto del libro.

Cuando entra en la sala, se encuentra con un magnífico espacio abierto de siglos de antigüedad, repleto de eruditos de talla mundial. Un par de miembros clave se sientan en el suelo, en primera fila. Entre ellos se encuentran el rector de la Universidad de Sevilla, el decano de Historia de España de Princeton y el presidente de la Junta de Admisiones de Posgrado de Princeton. Todos llevan placas con sus nombres. Todo parece una sala de tribunal. En el centro hay una mesa y una silla con una placa para ella.

Daylet le dirige un gesto amable para que tome asiento en un rincón. A Alice se le acelera el corazón. Hace todo lo que puede para mantener la calma. Se sienta y deja el libro sobre la mesa.

Se acomoda justo cuando comienza el programa.

"Normalmente no organizamos semejante reunión de mentes en un entorno físico como éste para discutir posibles descubrimientos importantes de interés para los muchos campos académicos aquí representados". La voz del rector es nivelada y profunda. "Exponemos nuestros argumentos en nuestras respectivas revistas y, si nos sentimos muy descarados, hacemos partícipes a los medios de comunicación".

Sonríe con un brillo en los ojos, y la mayoría de los asistentes esbozan una sonrisa o sueltan una ligera risita.

"Después de lo que pasó con Harvard y el 'Evangelio de la mujer de Jesús', nos gusta datar químicamente el papel y la tinta antes de anunciar públicamente la posibilidad de un descubrimiento de esta trascendencia a la comunidad literaria internacional y, por supuesto, a la propia España. También es preferible que la persona responsable de llamar nuestra atención sobre el artefacto revele su identidad. El anonimato puede resultar un poco sospechoso para el público".

A continuación, todos quedan mirando hacia Alice, expectantes. Ella se da cuenta de que hay un transcriptor en un rincón, tomando notas de todo lo que se está diciendo. Con todos los ojos puestos en ella, su confianza se tambalea.

"Mmm, sí…".

"Un momento". El rector levanta una mano. "Por favor, hable por el micrófono".

Entonces se da cuenta de que hay un micrófono en la esquina del escritorio. Lo acerca hacia ella y se dirige a la sala.

"Me llamo Alice Loureiro. Soy profesora de español de 7º y 8º curso en el colegio público Adams Upper, de Boston, Massachusetts". Mira a la clase entre frase y frase. Con cada frase, se siente un poco más cómoda oyendo su voz rebotando a través de los altavoces. "Envié el libro a la profesora Daylet Domínguez con la impresión de que se trata de una auténtica autobiografía ficcionada de Miguel de Cervantes".

El rector se aclara la garganta. "¿Es usted la propietaria del libro?".

Se produce un compás tenso. Alice mira a la multitud que espera y luego al libro que tiene delante.

"No", dice con sinceridad. "La propietaria es mi alumna, Tayrn Michaels, de doce años".

La transcriptora teclea esto.

El Rectorado asiente. "Muy bien. Según tengo entendido, usted es candidata a ingresar en nuestra institución afiliada, el programa de postgrado en Historia de España de Princeton. El Programa Literario del Siglo de Oro que se celebra aquí, en nuestro campus, concretamente".

"Sí", Alice casi salta de su asiento cuando se menciona su admisión.

"Por eso estamos hoy aquí, ya que el presidente de la Junta de Admisiones de Posgrado y el decano de Historia de España tienen especial interés en una conversación en directo".

El decano comienza a hablar, tomando la indicación del rector. "Esta 'novela' nos ofrece una razón para reconsiderar lo que creíamos saber sobre el que quizá sea el autor más influyente de todos los tiempos, Miguel de Cervantes. La línea entre su vida y sus escritos se difumina con la introducción de esta posible autobiografía, anterior al Quijote".

"Muy bien", dice el rector. "Comencemos presentando las pruebas".

Durante las dos horas siguientes, varios académicos y científicos se dedican a exponer diferentes descubrimientos sobre el libro. Alice se asombra repetidamente de la profundidad de sus investigaciones, teniendo en cuenta que el libro ha sido descubierto recientemente. Se queda atónita ante las pruebas de papel y tinta de carbón, la datación por carbono de los materiales y las peculiaridades de la escritura de Cervantes.

Cuando un científico con guantes sostiene una muestra del papel del libro, un paleógrafo de edad imposible se levanta entre la multitud. Habla mucho más alto de lo que sugiere su frágil figura. Nadie se atreve a interrumpir a este hombre probablemente senil, ni mucho menos Alice.

"Las reglas para descifrar las antiguas caligrafías que uno encuentra en documentos de fecha anterior a la del siglo XVII están plasmadas en dos ciencias distintas, aunque relacionadas, y que interactúan entre sí. La primera de ellas es la ciencia de la Paleografía, que tiene por objeto el puro desciframiento de las escrituras, así como las cuestiones relativas a la naturaleza del material sobre el que se impone, de los utensilios con los que se produjo y del soporte a través del cual se registró. La diplomática, la segunda de las ciencias, se ocupa sobre todo del estilo, de las fórmulas peculiares que fueron cambiando de época en época, de los métodos especiales de asignación de fechas e incluso de los individuos que las elaboraron. La paleografía estudia el cuerpo, mientras que la diplomática estudia el alma del documento. Pongámonos a discutir sobre el alma del documento. Incluso si esto es de Cervantes, los detalles de la historia son demasiado absurdos para validarlos".

El anciano vuelve a tomar asiento, muy lentamente. Toda la sala lo mira. Se hace un silencio cuando ya no se lo ve.

"Bien está lo que bien acaba", dice el presidente, captando la atención por primera vez hoy. "¿Puedo interrumpirle, rector?".

"Sí, por supuesto", dice, apartándose de su micrófono. "La señora Martyn, presidente del Consejo de Admisiones de Princeton".

"Me gustaría escuchar la opinión de la Sra. Loureiro sobre el final del libro. ¿Sabía el final antes de empezar a escribir?". Hay un compás de silencio. "¿Qué sentido tiene todo esto?".

Alice traga saliva. Le tiemblan las manos. Abre la boca para hablar.

"Bueno..."

1600

Me encontraba en Estambul, recorriendo su impresionante arquitectura, sus alfombras turcas y su música alegre. Al llegar, saludaba a los niños, que reían y aplaudían. Todos me conocían como el cuentacuentos, el que siempre contaba un buen cuento.

Hablaba en turco y contaba historias nuevas a diestro y siniestro. Recuerdo la favorita del lugar, la de Quixu. "Era un gran mercader", decía. "Y se quedó varado en el desierto con tan solo su camello como amigo. Pero después de tres días de búsqueda, apareció un oasis en la arena".

En ese momento, hacía burbujear un pequeño charco desde el suelo. Los niños chillaban y aplaudían. Esto me puso en la posición perfecta para continuar: "Ahora, nuestro tonto héroe se hizo a la mar...".

En 1603, viajé a Inglaterra para reunirme con mi buen amigo Will, que presentaba sus espectáculos en el Globe Theater.

Me concedió el gran honor de actuar como "Gertrude", en su obra, "Hamlet". Shakespeare también se preparaba para actuar, pero siempre se ponía frenético en el último momento. Nos pintábamos los labios juntos en el espejo.

"La obra es lo que me hará tomar conciencia del rey", me decía a menudo en el camerino. "Solo quiero dormir".

Le daba suaves palmadas en el brazo y le decía: "Conocí a un hombre que disfrutaba durmiendo para poner fin a la angustia. Se trata de un consumo que se desea con devoción. Morir, dormir – dormir, tal vez soñar. Ay, y ahí está el problema, porque en ese sueño de la muerte, ¿qué sueños pueden surgir? Mejor quédate solo con los sueños que ya conoces. Tu obra, Will".

Will siempre sacaba su libreta y su pluma. "Pero la inflexión ¡¿debe ser aquí o allá?!"

Yo cruzaba la mano y bajaba la pluma. Will era una persona que siempre se enredaba en los detalles.

"Una coma no convierte una obra en otra. La puntuación no es la cuestión. Esta obra, ¿será? Ser o no ser, esa es la cuestión".

"¡Eres mágico, Miguel!", dijo Will. "¡Mágico!".

Yo me había limitado a empolvarme la nariz con una sonrisa.

Una noche, en 1605, me hallaba paseando por un viejo camino de Sevilla bajo las estrellas. Me fijé en un niño pequeño, de casi seis años, que asomó por la cuesta de al lado y empezó a caminar hacia mí. Pasé a su lado sin pensar en él, hasta que algo me obligó a girarme.

"¿Has visto la nieve alguna vez?", le dije.

"¿Nieve?", dijo el chico, desconcertado.

Le hice un gesto para que se acercara. "Cuando era niño, justo una hora y once minutos antes de la aparición del sol en el cielo oriental, ocurrió algo grandioso. Del cielo completamente despejado, comenzaron a descender a la Tierra grandes platillos blancos, de una forma tan pacífica como nada que hubiera presenciado antes".

Señalé hacia el oscuro cielo y el chico también alzó la vista. Una mancha blanca descendió lentamente desde lo alto del cielo estrellado. A medida que se acercaba, iba creciendo cada vez más. Extendí la mano para cogerlo, un copo de nieve del tamaño de un plato. Lo sostuve delante de los ojos del niño y vi cómo se abrían de par en par.

"¿Sabes leer?", le pregunté.

El chico negó con la cabeza. Levanté el muñón con una amable sonrisa en el rostro.

"Mi varita mágica", le dije. Agité el muñón por encima del copo de nieve y éste se disipó en miles de copitos que la brisa se llevó, dejando al descubierto mi libro, el libro que tenía en la palma de la mano. "Aprenderás", le dije.

Le ofrecí el libro al chico. Lo cogió cuidadosamente y se lo acercó al pecho. Mientras corría por el camino, sonreí al cielo.

"Benito dedicó el resto de su vida a viajar por el mundo narrando historias que ayudaban a la gente. Historias y relatos que tenían magia. Todos los que escuchaban sus historias terminaban un poco más optimistas o con más esperanza".

Taryn levanta la vista de su cuaderno manuscrito. Su padre respira tranquilamente, aún inconsciente. Taryn mira hacia Boston, hacia todas y cada una de las partes de la ciudad que son visibles desde esa ventana.

Suspira. Todo sigue igual, nada ha cambiado.

En la sala de conferencias, Alice respira lentamente. Recorre la sala con la mirada, llena de estudiantes expectantes. Le duele el pecho de los nervios. Aunque esto es lo que lleva tanto tiempo deseando, no puede soportar estar aquí. Todo depende de este momento.

"Bueno…". comienza, dejando salir su aliento, dejando salir todos los años desperdiciados de su vida. Dejando entrar la luz.

En el sueño que tengo, Don Juan arremete contra los gigantes. El cielo está gris y arremolinado, tan extraño como una fantasía. El viento aúlla, y entornando los ojos veo a don Juan en plena acción.

"¡Don Juan!", grito.

Don Juan le corta el brazo a un gigante. El gigante se frena a cámara lenta. Todos los gigantes comienzan a ponerse rígidos.

"¡Don Juan!".

Los gigantes vuelven a convertirse en enormes molinos de viento. Don Juan se congela, en mi sueño, a mitad de la batalla.

"¡Estás luchando contra molinos de viento!".

El viento se calma. Don Juan jadea un poco y agacha la espada. Se gira hacia Benito.

"¿Estoy luchando contra molinos de viento?", grita don Juan mientras se acerca a mí con sus grandes zancadas. El cielo comienza a iluminarse a su alrededor, transformándose en un típico día soleado. "No, Miguel, a ti es a quien le gusta soñar con lo que no conoce, luchar contra el enemigo imaginario".

En este sueño, estoy sentado en la hierba y cierro los ojos. Don Juan se sienta a mi lado.

"Estoy muy cansado", digo sencillamente. Me recuesto en la hierba y cierro los ojos.

"¿Por qué tienes tantas ansias de volver a la prisión de tu mente? ¿Acaso te sientes seguro en la oscuridad? Te has escapado a una fantasía, en una fantasía que al menos estás dispuesto a admitir que controlas".

Abro un solo ojo y miro a Don Juan con desconfianza. Don Juan se gira hacia el sol y sonríe bajo los cálidos rayos. La hierba se convierte en arena a sus pies, y el sonido de las olas da lugar a la playa llena.

"No estás loco, Miguel", dice don Juan con una sonrisa. "Estás soñando. Abandonar los sueños puede resultar una auténtica locura. Demasiada cordura puede ser locura y lo más loco de todo: ¡ver la vida como es y no como debería ser! Despierta, Miguel".

En un lugar lejano, Peter divisa a un hombre. Es 1605. No puede sentir su cuerpo, pero sí su conciencia, por primera vez en quién sabe cuánto tiempo. Un hombre al que identifica, de un proyecto de secundaria que había hecho con sus amigos, como Miguel de Cervantes, escribe en un libro: "Don Juan".

El hombre tacha "Juan" y escribe "Quijote".

El hombre levanta la vista como si se encontrase en trance y echa un vistazo por su agradable ventanita, con vistas a Sevilla. Se frota la sien. Bebe un sorbo de agua de un vaso.

"Despierta", se dice a sí mismo. Peter siente que las palabras resuenan también en su cuerpo, como si fuera él quien dijera. Entonces, Miguel mira a Peter a los ojos.

"Despierta", repite con suavidad. Deja el vaso de agua.

En la habitación del hospital de Boston, lejos de la conciencia real de Peter, hay un vaso de agua junto a su cama.

Todos los ojos de los distinguidos miembros del público se posan en Alice. Ella traga saliva.

"Bueno, yo... no terminé el libro", admite. "Solo llegué a...".

Tim se acerca a ella con un vaso de agua en la mano. El micrófono produce un ruido de retroalimentación. Mientras la sala se recupera, él le susurra.

"Abre hasta el final".

Alice busca a tientas en el libro. Justo después de donde lo dejó, las páginas están vacías. No hay nada más escrito en el libro. Alice hojea hasta la última página que leyó. Se trata realmente de la última línea, pero en el reverso de la página, hay un boceto de un hermoso campanario de catedral. Mi casa de Sevilla,

22 de abril de 1616.

"El día en que murió Cervantes", susurra tras un suspiro de sorpresa. "El día antes de la muerte de Shakespeare".

El rector se aclara la garganta, apremiándola a hablar. Alice realiza el mismo gesto, aclarándose la garganta.

"Si él sabía que moriría ese día, sabía que este sería el último de sus escritos". En su voz se nota la confianza, más nítida que nunca. "Quizás se encontraron las páginas que escribió en prisión, el guardia las vendió y entonces aparecieron. Tal vez esta fue la primera novela moderna, antes del Quijote. Pero, ¿por qué fecharla el día de su muerte, años después?".

Un estirado profesor se levanta. "Para dar respuesta a la pregunta del presidente, nada de lo que se está comentando es cierto. Ya se sabe que Cervantes era uno de los siete hijos de un farmacéutico, un simple soldado convertido en dramaturgo sin mucho éxito. Entró y salió de la cárcel por motivos económicos. Fue expulsado de la catedral de enfrente. ¡¿Por qué inventar historias románticas de un hombre que era claramente un héroe en cualquier parte menos en la página? Se puede considerar, como mucho, que se trata de un relato parar practicar dentro del mundo de la ficción antes de escribir El Quijote, si es que se pueden encontrar pruebas que demuestren que Cervantes lo escribió".

Alice contempla el cuidadoso y delicado boceto del campanario de la catedral que aparece en el libro. Se levanta. "Quizá después de que le robasen su autobiografía real, años después, cuando supo que se encontraba al final de su vida, decidió volver a escribirlo todo de nuevo. Decidió corregir sus errores sobre el papel. Después de que Don Quijote fuera un éxito, se escribió a sí mismo una autobiografía ficticia".

"¿Qué significa eso...?"

El rector levanta una mano para silenciar al profesor. Le hace un gesto a Alice para que continúe.

"Pero esta vez", dice mientras una sonrisa comienza a dibujarse en su rostro. "Lo escribió tal y como lo vivió, desde una perspectiva de esperanza y amor por su país. La vida que él creó en su mente, una de increíble imaginación y circunstancias casi insuperables. Una vida solitaria, llena de sinsabores, pero con el consuelo del poder de una pluma y el deseo imperecedero de compartir con el mundo la alegría de la literatura".

La transcriptora lanza un grito de júbilo mientras pasa a máquina el jugoso discurso. Se siente avergonzada cuando se da cuenta de que todo el mundo la está mirando. Mira el reloj.

"Se acabó el tiempo", declara.

"Si alguien de los presentes con la debida reputación en una revista académica desea seguir profundizando en este tema con un artículo revisado por pares, estoy segura de que todos estaríamos interesados". El rector se sube las gafas hasta la nariz. "Señorita Loureiro, confío en que devolverá el artículo a su legítimo propietario".

Alice asiente, pensando una vez más en Taryn. Trata de no mostrarse demasiado agitada.

"Pueden retirarse. Gracias".

Poco después, la fiesta de recepción se encuentra en su máximo apogeo. Los becarios más mayores degustan vino y queso. Alice mira a unos cuantos que claramente desvían la mirada. Nadie quiere hablar con ella. Atisba un pasillo de escaleras y se escabulle. No hay necesidad de relacionarse con ellos. Han sido unos días muy largos.

Alice llega al último escalón, se seca una lágrima y contempla el polvoriento ático. Una enorme ventana decorativa deja entrar la luz. Se da cuenta de que está contemplando la fachada principal. Al otro lado de la calle se encuentra la catedral dibujada en el libro. Dedica un momento a asimilar la increíble historia que la rodea en ese momento.

Se sienta en una viga. Su móvil vibra. Asombrada, lee un mensaje del director Kelly: "¿Cómo ha ido todo?".

Alice suspira, molesta, y lo guarda. Escucha un crujido a sus espaldas. Para su sorpresa, el profesor Daylet Domínguez se dirige hacia su viga.

"¿Le importa?", pregunta, disculpándose.

Ella le indica que es bienvenida, pero no quiere seguir haciendo el ridículo.

"Tim me recomendó este lugar", dice una vez que se sienta a su lado. "Lo entiendo, esas fiestas de recepción no son divertidas. Todo el mundo habla de sí mismo y de lo revolucionaria que será su última investigación y se dedica a comparar sus subvenciones".

Juntos contemplan por la ventana la luz del sol que se filtra sobre la antigua calle. Alice acaricia el libro que tiene en el regazo, de una forma casi protectora.

"Pensé que sería una ventana a Cervantes que nunca antes habíamos tenido", afirma con una risilla seca. "En este otro planeta en el que vivimos, en el que te puede fastidiar gente de todo el mundo".

Daylet también se ríe ligeramente.

"Solo siento haberte hecho perder el tiempo", finaliza con un suspiro.

"Es literatura. Ante todo, es una ventana a nosotros mismos. Y me alegra que también haya sido nuestra ventana desde Princeton hacia ti, valiente y brillante inquisidora".

"Vaya soñadora". Pone los ojos en blanco.

"Queremos gente con espíritu aventurero en nuestro programa. De lo contrario…", ofrece su mano para que le dé el libro. "Lo necesito para pronunciar mi frase".

"Es de verdad", dice ella, pero se lo da de todos modos.

"De lo contrario, los libros viejos y mohosos pueden resultar un poco aburridos".

Se ríe. Abre el libro.

"Desecharon la última página por considerarla irrelevante para el análisis de autenticidad, pero puede que para ti no lo sea". Deja atrás todas las páginas en blanco y llega al final del libro. En la última página hay una sola línea escrita con tinta moderna.

"Benito vivió feliz para siempre en las páginas de este libro".

Alice sonríe. Daylet sonríe, mirándola.

"¿Lo has hecho tú?", pregunta, medio en broma.

"¡No, nunca destrozaría un tesoro mundial con el grafiti de mis humildes elucubraciones!", dice con un ligero sarcasmo. Luego, asiente lentamente. "Lo escribió una niña de doce años muy precoz. Reconozco la letra. Leo muchos trabajos del colegio".

Daylet se ríe mientras la campana de la catedral de enfrente empieza a sonar.

"Yo también".

Peter Michaels se despierta lentamente del coma. La campana, del otro lado del mar, continúa tocando. Recorre la habitación con la mirada y, a través de la ventana, ve una catedral de Boston.

Taryn está dormida en una silla, con su libro artesanal entre los brazos.

"¿Taryn?".

Taryn se despierta con dificultad y, cuando lo hace, descubre a su padre. Se le ilumina la cara como nunca antes. Lo abraza y aprieta tan fuerte que cree que va a estallar.

Peter no recuerda casi nada de su estancia en coma, pero el reencuentro con Taryn es el momento más increíble de su vida. Él le devuelve el abrazo, con todas sus fuerzas, sin saber si alguna vez será capaz de expresarle todo lo que está pensando.

De vuelta a la Universidad, Alice le señala el dibujo de la catedral que hay en el libro y Daylet se lo muestra. Juntos constatan que es la misma catedral que la de enfrente.

"Hay tanta historia aquí con la que podemos conectar en el presente. Creo que realmente tienes buen ojo para ello". La mira a los ojos mientras le habla. "He hablado con el presidente ahí abajo, entre quesos y vinos. Aunque este libro no sea el descubrimiento literario definitivo desde los Manuscritos del Mar Muerto, tu ambición e imaginación nos han impresionado. A mí. A mí me ha impresionado. Sería un honor incluirte en mi clase aquí en Sevilla en otoño. Enhorabuena, estás dentro del programa".

No puede evitar abalanzarse hacia él y darle un abrazo. "¡Gracias!". El abrazo es un poco incómodo, pero no le importa. "¿Será Tim tu TA el año que viene?"

"Sí", dice Daylet con una sonrisa divertida dibujada en el rostro y una expresión difícil de descifrar. "Hasta que se gradúe.

Sea cuando sea. Lleva cuatro años con nosotros. A menudo se le va un poco… la cabeza, diría yo… pero es un buen chico".

Alice asiente con una sonrisa. "No se puede dejar de contar con ellos".

Cuando Alice regresa a Estados Unidos, Peter aún se encuentra en el hospital. Alice considera que lo mejor es hacerles una visita personal a Taryn y a él. Cuando llega, deja el libro en la mesilla de noche vacía para Taryn. Luego, se gira y sonríe a Peter. Es un poco incómodo, teniendo en cuenta su posición, pero no va a huir de esta.

"Siento interrumpir", dice. "Soy Alice Loureiro, la profesora de español de Taryn".

"Sí, claro". Peter asiente con la cabeza. "Teníamos una reunión de padres y profesores".

"Me siento muy aliviada de que esté tan bien. Me avergüenza un poco estar aquí. Seguramente es incómodo que lo halague alguien que es casi un extraño".

Ambos se echan a reír sutilmente.

"Para nada", dice el hombre. "Hubo menos efusividad por parte de la gente de la que medio lo esperaba, así que no me molesta en absoluto. Taryn es la persona más importante de mi vida. Y parece que tú tienes una historia con ella".

Alice se vuelve entonces hacia Taryn, que está acurrucada apoyada en el brazo de su padre. Taryn se endereza ante la presencia de Alice.

"Te he traído tu libro", susurra. "Gracias por... gracias. Me cambió la vida".

"Está bien", responde Taryn encogiéndose de hombros. "Yo escribí el mío".

Taryn sonríe, y Alice se muestra bastante aliviada. "Me encantaría leerlo".

"Seguro que sí", bromea Taryn. La profesora se ríe.

"Entonces", Peter se aclara la garganta y eleva ligeramente el volumen. "¿Acabas de regresar de Sevilla en avión?".

"¡Sí!". Alice tiene tanto que decir que apenas puede mantenerse callada.

"He estado muchas veces. La historia está realmente viva allí".

Alice asiente con entusiasmo. "De hecho, voy a volver. Para explorar durante el verano y luego empezar un programa de posgrado en otoño".

"Vaya", Peter le dedica una sonrisa.

"¡¿Qué tal te ha ido?!", Taryn capta de inmediato su atención. "¡Papá nunca me cuenta casi nada!".

Peter mira a Taryn con gran cariño. "Quizá sea hora de que lo veas por ti misma".

Ella está eufórica y esboza una sonrisa medio contenida.

Alice se encuentra sentada en el aeropuerto. Se siente emocionada y esperanzada ahora que ha llegado aquí por sus propios medios. Peter y Taryn comparten alegremente un *pretzel* en las cercanías, el brazo de Peter todavía tiene un cabestrillo. Todos comparten una sonrisa de emoción. Taryn ofrece a Alice un trozo de *pretzel*, pero ella lo rechaza.

22 de abril de 1616

Querido Will,

Hoy me levanté muy cansado, pero liviano. Sabía que hoy pondría a un lado mi pluma de una vez por todas. No tengo claro qué es esto que he escrito de mí mismo. No lo publicaré. Ahora le pertenece al universo. Una cosa es escribir como poeta y otra como historiador. El poeta puede relatar o cantar las cosas, no como fueron, sino como debieron haber sido, y el historiador debe escribir sobre ellas como realmente sucedieron, sin añadir ni quitar nada a la verdad. Yo no soy ni poeta ni historiador. Soy solo un soñador.

Soy Benito. Soy Miguel.

Solo para mí nació Don Quijote, y yo para él. Él era un hombre de acción. Yo no era más que su escriba, como comprenderás. Supongo que nuestras palabras vivirán más allá de nosotros, en nuevos mundos y nuevas mentes.

Pero me da la sensación de que finalmente nos estamos quedando dormidos en este mundo, con sus guerras, su amor y su honor. Vi a mi madre separándose de su único hijo, las explosiones en Florida, el niño turco que corrió a los brazos de su madre, Don Juan y todas sus batallas con molinos de viento en Amberes.

¿Qué sueños pueden surgir en este sueño de muerte? Volemos hacia otras maravillas que desconocemos. Comenzamos de nuevo. Nuestros cuentos y nuestras verdades quedarán atrás. Que sean historia o fantasía es cosa del lector. Ahora nuestras palabras les pertenecen.

¡La aventura te espera, amigo mío!

– Miguel de Cerbantes Saavedra

En el corazón de Sevilla, Alice y sus compañeros de viaje acuden a visitar el monumento de Cervantes. Fijan su atención en el cielo. Asombrada, entrecierra los ojos un poco para ver mejor a la luz del sol. Taryn y Peter también miran hacia arriba.

Pequeñas motas blancas se hacen cada vez más grandes mientras flotan sobre la estatua de Cervantes. Alice extiende la mano y un copo de nieve cae en su palma. La nieve cae ligera y mágicamente alrededor de los tres, brillando al sol. La estatua se empolva ligeramente de blanco.

Nunca antes habían conocido tanto silencio y tranquilidad.